Diogenes Taschenbuch 22815

de
te
be

Anne Fine

Familienkrieg

Roman

Aus dem Englischen von
Barbara Heller

Diogenes

Titel der 1991 bei
Hamish Hamilton Ltd. in London
erschienenen Originalausgabe:
›The Book of the Banshee‹

Die deutsche Erstausgabe
erschien 1994 im Diogenes Verlag
Umschlagillustration:
Norman Rockwell, ›Starstruck‹, 1934

Thomas Suthren Hope
schulde ich großen Dank für sein Buch
The Winding Road Unfolds
(Putnam, London 1937),
in dem er auf erschütternde Weise
seine Zeit im Schützengraben
beschreibt.

Für Brigadier Warren

Veröffentlicht als Diogenes Taschenbuch, 1996

200/96/8/1
ISBN 3 257 22815 5

1

Heute kam eine Schriftstellerin zu uns in die Schule und hat vor unserer Klasse und der 9B einen Vortrag gehalten. Niemand hatte mit ihr gerechnet, das war offenkundig. Chopper und ich sahen sie etwas verloren in der Eingangshalle stehen. Sie schien darauf zu warten, daß Mrs. MacKay eine Idee kam, wer sich ihrer annehmen könnte. Chopper dachte, sie wäre eine neue Lehrerin, und blieb neugierig stehen. Ich erklärte ihm, daß sie bestimmt nicht zu einem Vorstellungsgespräch gekommen sei, dazu sei die Tasche neben ihr auf dem Boden viel zu voll. Und zum Unterrichten konnte sie auch nicht gekommen sein. Niemand kreuzt an seinem ersten Arbeitstag erst in der Mittagspause auf.

Da kam Scotty durch die Drehtür geschlendert, und Mrs. MacKay klopfte eilig an ihre Glasscheibe.

»Mr. Scotbeg, Mr. Scotbeg! Hier ist –«

Sie hielt inne. Sie wußte nicht, welchen Namen sie nennen sollte.

Die Frau setzte eine betont geduldige Miene auf.

»Alicia Whitley«, sagte sie. »Ich bin Alicia Whitley.«

Sie sagte nicht, ob Mrs. oder Miss, und half so der armen Mrs. MacKay kein bißchen weiter. Ich hatte das Gefühl, sie tat es absichtlich. Alicia Whitley stand einfach nur da und beobachtete die beiden, mit schwingenden Röcken und tief in ihren Jackentaschen vergrabenen Händen, und plötzlich verspürte ich den Wunsch, in der Nähe zu bleiben und herauszufinden, was sich da abspielte. Ich knuffte also Chopper in die Seite, damit er nicht ohne mich abzog, ging in die Knie und machte mich an meinem Schnürsenkel zu schaffen. Chopper begriff und begann das Foto der Mädchen-Hockeymannschaft vom letzten Jahr zu studieren. Eins muß man Chopper lassen: Besonders helle ist er nicht, aber er weiß immer, wann ich mich irgendwo herumdrücken und ein Gespräch belauschen will.

»Mrs. Whitley«, sagte Mrs. MacKay. (Wenn sie nicht herauskriegt, ob eine Frau verheiratet ist oder nicht, geht sie immer davon aus, daß sie es ist. Das findet sie einfach höflicher.)

Scotty schaute verständnislos drein. Er behielt diesen Gesichtsausdruck gerade lange genug bei, um Alicia Whitley zu verstehen zu geben, daß er nicht die leiseste Ahnung habe, wer sie sei, und daß er der Aufklärung bedürfe. Dann schaltete er auf seine verbindliche Direktorsnummer um, ganz Lächeln und ausgestreckte Tatze.

»Guten Morgen, Mrs. Whitley. Oder vielmehr... (Blick auf die Uhr, Pause, leises, kehliges Lachen)... guten Tag.«

Es war genau zehn vor zwei. Es klingelte zum Nachmittagsunterricht.

Man konnte sehen, daß Alicia Whitley sich entschloß, dem Spiel ein Ende zu machen, bevor Scottys endlose Suche nach irgendeinem Anhaltspunkt, der ihm verraten könnte, warum sie da stand, sich auch noch durch ein Gespräch über das Wetter quälte.

»Ich bin Alicia Whitley, die Schriftstellerin«, erklärte sie ihm. Sie sprach das Wort ›Schriftstellerin‹ so deutlich aus, daß er es weder überhören noch ignorieren konnte. »Hier bin ich, wie vor vier Monaten vereinbart. Mit Miss Adulewebe.«

»Mit Miss Adulewebe?«

»Richtig.« Um jeder Diskussion zuvorzukommen, zog sie einen Umschlag mit dem Schulstempel aus der Jackentasche, nahm einen Brief heraus, faltete ihn auseinander und las: »Miss *Lorna* Adulewebe.«

Wollte sie Scotty auf den Arm nehmen? An keiner Schule gibt es zwei Miss Adulewebes.

»Miss Adulewebe«, stöhnte Scotty. Er bemühte sich, nicht zu deutlich zu stöhnen, aber es war nicht zu überhören. Miss Adulewebe hat zwar nur ein halbes Jahr hier an der Wallace-Schule unterrichtet, aber bei Scotty hat sie unauslöschliche Spuren hinterlassen. Er kann Lehrer, die herumlaufen und Veranstaltungen organisieren, nicht ausstehen. Das macht ihm nur Arbeit, und für Arbeit hat der Mann nicht viel übrig. Er glaubt, er wird dafür bezahlt, daß er lächelnd herumspaziert und die Tatze ausstreckt.

Aber jetzt reichte es Alicia Whitley allmählich.

»Hier bin ich also«, verkündete sie. »Wie vereinbart. Schriftlich. Vor mehreren Monaten. Ich würde also vorschlagen, Sie führen mich einfach in Ihre Schulbibliothek, räumen einen Tisch für mich frei, schicken mir nicht mehr als sechzig Schüler, denen ich etwas darüber erzählen werde, wie man Bücher schreibt, und nach eineinhalb Stunden können Sie sie wieder abholen.«

Das hörte sich so einfach an, daß selbst Scotty es verstehen mußte. Aber derartige Vereinbarungen sind ihm ein solcher Greuel, daß er es sichtlich vorgezogen hätte, Alicia Whitley mit einem bedauernden Achselzucken und einem letzten jovialen Lächeln vor die Tür zu setzen. Vielleicht spürte sie es, denn plötzlich bückte sie sich nach ihrer riesigen Tasche.

»Auf jeden Fall«, versetzte sie leichthin, »müssen Sie mich bezahlen, das steht außer Frage. Also können genausogut ein paar von Ihren Schülern davon profitieren, daß ich mir die Mühe gemacht habe, den ganzen Weg hierher zu fahren.«

Neben mir pfiff Chopper leise durch die Zähne. Besonders helle ist Chopper nicht, aber dumm ist er auch nicht. Er weiß, was es geschlagen hat, wenn Scotty loslegt.

Und Mr. Scotbeg weiß, wann er verloren hat.

»Flowers!« brüllte er.

»Ja, Sir!« Ich hatte, ohne es zu merken, meinen Schnürsenkel zu einem dicken, unförmigen Knoten geknüpft.

»Trag der Dame die Tasche und führ sie in die Bibliothek. Stell sechzig Stühle auf und räum einen Tisch frei!«

»Ja, Sir!«

»Chopper!«

Darin ist Scotty wirklich komisch. Mich ruft er ganz korrekt beim Nachnamen, als wäre er der bärtige Direktor eines altehrwürdigen, strengen Internats, und dann brüllt er »Chopper!«, obwohl es nur ein Spitzname ist.

»Ja, Sir?«

»Du bist doch in der 9P, stimmt's? Lauf schnell zu Mr. Astley und frag ihn, ob er nicht eure Klasse in die Bibliothek schicken möchte. Und dann geh zu Miss Shaw und sag ihr, sie soll die 9B hinschikken, spätestens bis zum zweiten Läuten.«

Typisch Scotty. Alicia Whitley erwartet keine bestimmte Klasse, und es ist ihr vermutlich auch egal. Und die 9P zu schicken, macht Sinn. Mr. Astley unterbricht seinen Unterricht nur zu gern. Einmal haben wir mitten in der Stunde zwanzig Minuten lang einen Regenbogen betrachtet. Aber »geh zu Miss Shaw und sag ihr, sie soll die 9B hinschicken«! Macht Scotty sich vielleicht die Mühe, sich einmal davon zu überzeugen, wie Miss Shaw ihre ganze Pause damit zubringt, komplizierte Apparaturen für einen Versuch aufzubauen oder ihre Dias zu ordnen und Leinwand und Projektor aufzustellen? Nein, nicht die Spur. Er pickt sich Miss Shaw heraus, weil sie das schüchternste Mitglied des Lehrkörpers ist, und vereitelt sämtliche Pläne, die sie für uns gemacht haben könnte, und zwar ohne ein Wort der Entschuldigung.

Aber mir kann es egal sein. Ich kann Chemie nicht ausstehen. Also bückte ich mich und nahm die Tasche. Sie war so schwer, daß ich dachte, es wären Ziegelsteine darin.

»Hier lang«, sagte ich.

»Bist du Neunpehler oder Neunbehler?« fragte sie. (So drückte sie sich aus. Ich hatte das Gefühl, daß wir für sie nichts weiter waren als Neunpehler und Neunbehler.)

»Ich bin in der 9P.« Fast hätte ich selbst »Neunpehler« gesagt, und seitdem nenne ich es für mich auch so.

»Und wie alt bist du?«

Sie fragte nicht etwa aus Interesse für meine Person, das war mir klar. Es war ein rasches Sondieren des Terrains. Die Frau war nicht zum ersten Mal in einer höheren Schule, das merkte man. Ich beantwortete ihre Frage, und sie speicherte die Information mit einem Kopfnicken ab.

»Welches Buch hast du als letztes gelesen?«

Das sagte ich ihr lieber nicht. Als letztes hatte ich das Buch gelesen, in dem ich jetzt noch jeden Abend lese. Ich habe es vor sieben Monaten bei einem Flohmarkt in unserer Zweigstelle der Stadtbücherei gekauft. Mum wollte nicht mit. Sie meinte, es sei zu deprimierend mit anzusehen, wie die neue Diplom-Bibliobarbarin nationales Kulturgut wie irgendwelchen alten Trödel verschleudert, aber sie gab mir dann doch fünfzig Pence mit, für den Fall, daß ich einen schönen Stephen-King-Schocker für sie fände, der sie von Estelle ablenken konnte (Estelle ist meine Schwester). Auf einem der langen Tapeziertische entdeckte ich ein Buch von William Scott Saffery: *Ein endloser Sommer.* Ich nahm es in die Hand und schlug es auf.

Vor mir nur Dunkelheit, dann links und rechts aufblitzendes Gewehrfeuer. Eine Granate nach der anderen heult über meinen Kopf hinweg und explodiert mit einem Donnerschlag, der die Erde erzittern läßt. Ich weiß, ich sehe dem Unbekannten ins Auge – Gefahr, Not, Blut, vielleicht sogar meinem eigenen Tod. Doch der Gedanke daran berührt mich nicht. Ich habe nur Heroisches im Sinn, siegreiche Schlachten, diesen großen Krieg, über den ich so viel gelesen habe, so lange schon, in jeder Zeitung, die ich in die Hand bekam. Was, wenn ich ihn verpaßt hätte? Wenn ich zu spät geboren wäre? Das braucht mich jetzt nicht zu beunruhigen, denn ich bin hier – so stolz und froh –, und nur das zählt. Dies wird mein größtes Abenteuer sein.

Ich las nicht weiter, sondern klemmte mir das Buch kurzerhand unter den Arm. Ich blieb noch mindestens eine Stunde, nahm alle möglichen Bücher in die Hand und trug sie eine Weile mit mir herum, um sie dann gegen andere einzutauschen (keine Stephen Kings natürlich, die würde die Diplom-Bibliobarbarin *nie* verramschen, wie Mum sarkastisch meinte, als ich nach Hause kam), aber das einzige Buch, das ich nicht wieder zurücklegte, nicht ein einziges Mal, war *Ein endloser Sommer.*

Seitdem verwahre ich es unter meinem Bett. Ich lese kaum noch etwas anderes. Jeden Abend lese ich darin, bevor ich das Licht ausmache und einschlafe. Ich weiß nicht genau, was es ist, aber das Buch verfolgt mich. William Saffery war nicht älter als ich, als er die Armee über sein Alter beschwindelte. Er sagte, er sei achtzehn. (Es war mitten im Ersten Weltkrieg, als die Männer zu Tausenden starben und man es bei der Armee nicht mehr so genau nahm.) Es fängt ganz vergnügt an. Er sitzt auf der Ladefläche eines Lastwagens und schaut zu, wie sich die lange, kurvige Straße hinter dem Fahrzeug entrollt – wie ein graues Band, sagt er –, und er ist begeistert und aufgeregt. Nach ein paar Tagen war ich natürlich schon ein ganzes Stück weiter im Buch, und er war ein ganzes Stück weiter im Krieg ... Und über das alles mag ich nicht mit einer Person reden, die ich gerade erst kennengelernt habe und die nur deshalb wissen will, was ich lese, damit sie sich eine Vorstellung davon machen kann, in was für einer Art Schule sie sich befindet und worüber sie eine ganze Doppelstunde lang reden soll.

Also übersprang ich den letzten Monat.

»Eins der letzten Bücher, die ich gelesen habe, war *Die Säulen der Erde*«, sagte ich. »Davor hab' ich *Matilda* gelesen und davor *Friedhof der Kuscheltiere*. Ich muß immer meiner kleinen Schwester Muffy vorlesen, wenn ich sie ins Bett bringe. Zur Zeit ist *Rumpelstilzchen* dran. Von *Flower Power* hab' ich nur die Hälfte gelesen, weiter bin ich nicht gekommen. Ich heiße nämlich Will Flowers, und es war ein ganz guter Gag, das Buch ein paar Tage mit mir herumzuschleppen. In der Klasse lesen wir zur Zeit *Am grünen Rand der Welt*, aber das hab' ich zu Hause in einer Nacht ausgelesen, und so lange, bis sich die anderen durchgeackert haben, lese ich unter dem Tisch *Der Feind*.

Sie schien entzückt. Ich glaube, noch nie in meinem Leben habe ich es so mühelos geschafft, jemandem eine Freude zu machen.

»Ich rede jetzt aber nur von mir. Chopper hat die ganze Zeit, seit ich ihn kenne, noch kein einziges Buch gelesen, und von den anderen können ein paar überhaupt nicht lesen, und wenn sie's könnten, würden sie's nicht tun.«

Inzwischen waren wir in der Bibliothek angekommen. Ich schwang ihre Ziegelstein-Tasche auf einen Tisch.

»Von mir sollten Sie also lieber nicht ausgehen«, warnte ich sie.

»Danke«, sagte sie.

Sie meinte danke für die Warnung, das war mir klar. Nicht etwa danke dafür, daß ich die Ziegelstein-Tasche getragen hatte. Das hätte sie ohne weiteres selbst tun können. Sie hatte nur höflich sein und den alten Scotty so tun lassen wollen, als könnte sie es nicht.

Sie sah sich um. Die Bibliothek ist nicht schlecht. Ein paar Regale stehen da, mit ein paar Büchern darin. Mehr kann man nicht verlangen.

Ich fing an, Stühle aufzustellen. Sie legte mir die Hand auf den Arm.

»Laß mal«, sagte sie, »ich mach' das schon. Sei ein Schatz und hol mir lieber eine Tasse Kaffee.«

Sei ein Schatz! Ich traute meinen Ohren nicht. Meine Mutter sagt ›Schatz‹ zu Muffy, und Muffy ist vier!

Aber ich tat, was sie sagte. Etwas anderes blieb mir eigentlich auch nicht übrig. Nur machte ich den Fehler, erst noch kurz in meiner Klasse vorbeizuschauen, um Bescheid zu sagen, daß ich da sei, und prompt mußte ich eines von Monster Astleys endlosen, zeitraubenden Verhören über mich ergehen lassen.

»Du holst *Kaffee?*«

»Nicht für mich. Für Alicia Whitley, die Schriftstellerin.«

»Ist das die Frau, die in der Bibliothek sitzt und auf euch und die 9B wartet, wie Chopper behauptet? Was hat sie denn mit euch vor?«

»Ich weiß nicht. Wahrscheinlich will sie uns was erzählen. Über ihre Bücher.«

»Aber ihr lest doch gar kein Buch von Alexa Whitchurch. Ihr lest doch *Im grünen Rund der Welt.«*

»Am grünen Rand«, verbesserte ich. *»Am grünen Rand der Welt.«*

»Im grünen Rund«, beharrte er. »Ich arbeite in diesem Tollhaus, da muß ich es ja schließlich wissen.« Er wandte sich wieder der Klasse zu und begann, sie zu nerven statt mich.

»Wer schon mal ein Buch von einer Person namens Alice Whitford gelesen hat, hebt die Hand!«

Marisa hob zaghaft die Hand, aber sobald sie merkte, daß alle zu ihr hinsahen, zog sie sie ruckartig wieder zurück.

Mr. Astley gab ein Grunzen von sich.

»Na, dann wünsche ich Alison Whitfield viel Glück«, sagte er. »Die arme Frau weiß nicht, auf was sie sich da eingelassen hat. Ich glaube, ich komme besser mit und gebe ihr Rückendeckung.«

Er seufzte.

»Na, dann geh schon! Hol ihr den Kaffee!«

Auf dem Weg zurück in die Bibliothek stieß ich mit ein paar Leuten aus der 9B zusammen und verschüttete wegen ihres idiotischen Herumgehampels fast den ganzen Kaffee. Den Rest lieferte ich gerade in dem Moment bei Alicia Whitley ab, als die übrige 9B hereingetrottet kam. Sie nahm ihn dankbar entgegen.

»Danke, Will.«

Ich war froh, daß sie mich nicht wieder ›Schatz‹ nannte, vor all den anderen. Und es freute mich, daß sie sich meinen Namen gemerkt hatte. (Mr. Astley hat ein Vierteljahr dazu gebraucht.) Chopper hatte mir einen Platz in der letzten Reihe reserviert. Als ich mich setzte, hatte er sich bereits auf seinem Stuhl zurechtgelümmelt und starrte düster auf seine riesigen Füße.

»Eine ganze Doppelstunde«, stöhnte er. »Über Bücher!«

Es muß schon schlimm sein, wenn man kaum lesen kann.

Sie hatte ihre Kaffeetasse abgesetzt. Mr. Astley stand auf, um für Ruhe zu sorgen, aber sie bedachte ihn nur mit einem einzigen Blick und schob ihn zur Seite. Groß vorstellen hätte er sie ohnehin nicht können, er wußte ja nicht einmal, wer sie war. So stand sie nur da und verzichtete mit einer höflichen Handbewegung auf seine Dienste. Er war kein bißchen beleidigt. Er schnappt nicht so leicht ein, und er weiß, wann er fein raus ist. Dankbar ließ er sich wieder auf seinen Stuhl fallen und schlug verstohlen einen der Aktenordner auf, die er mitgebracht hatte, damit er seine Arbeit – welche auch immer – fortsetzen konnte, falls er sich langweilte.

Sie ließ die Röcke schwingen und fing an.

»Mein Name ist Alicia Whitley.«

Das allein ließ die meisten schon aufhorchen. Wir bringen ganze Stunden damit zu, unsere Lehrer mit Fragen nach ihren Vornamen zu löchern, und wenn sich jemand in Alicia Whitleys Alter einfach hinstellt und seinen Vornamen sagt, dann weckt das schon ein gewisses Interesse.

»Ich bin Schriftstellerin«, fuhr sie fort. »Damit verdiene ich meinen Lebensunterhalt, und ich werde euch jetzt etwas über das Bücherschreiben erzählen.«

Chopper gab ein Stöhnen von sich, ein ganz kleines, wirklich nur winziges, aber sie hatte es gehört.

Sie hielt inne.

»Chopper!« befahl sie. »Komm her und setz dich hier vorne hin.«

Sie zeigte auf die leere erste Stuhlreihe.

Chopper wunderte sich, und die anderen auch (einschließlich Mr. Astley). Doch ich wußte bereits, wie schnell sie sich Namen merken konnte, und Choppers Namen hatte sie natürlich gehört, als Scotty ihn gebrüllt hatte. Aber Chopper ist, wie schon gesagt, nicht besonders helle, und im ersten Schrecken war es ihm entfallen.

Er stand auf, nervös und tomatenrot im Gesicht.

»Hilf mir!« flüsterte er verzweifelt.

Ich stand also ebenfalls auf, und zusammen bahnten wir uns einen Weg zwischen den Stühlen hindurch, die sie in nachlässigen Schlangenlinien aufgestellt hatte. Mr. Astley machte eine Bewegung, und ich dachte schon, er wollte etwas sagen und mich wieder zurückschicken. Man kennt das ja. »Entschuldige mal! Ich kann mich nicht erinnern, *deinen* Namen gehört zu haben ...« Alicia Whitley hatte das jedoch vorausgesehen und winkte ein weiteres Mal in aller Freundlichkeit ab.

»Will kann mitkommen, Chopper, vorausgesetzt, ihr beide hört zu.«

Plötzlich knisterte es im Raum vor Spannung. Es war klar, was alle dachten: »Weiß die Frau denn *alle* Namen?« Und dann beruhigte sich alles wieder. Man spürt so etwas. Es ist so eine Art »Wozusich-aufregen?«-Stimmung. Ich weiß nicht, wie sie zustandekommt, aber vielleicht lehnen sich die Cleveren einfach beruhigt zurück, weil sie wissen, daß jemand die ganze Sache im Griff hat und ausnahmsweise mal nicht alles den Bach runtergeht, sondern man vielleicht sogar was dabei lernen kann. Die breite Masse ist froh über jede Abwechslung und leicht zufriedenzustellen. Die Schwachköpfe ziehen sich in ihre Tagträume zurück, und die notorischen Störer fangen an, mehr oder weniger leise und unauffällig mit irgend etwas herumzufummeln.

Chopper flegelte sich auf seinen neuen Platz und versank in tiefste Verzweiflung. Und ich – ich starrte Alicia Whitley an.

Ich war ganz Ohr.

Ich weiß nicht, was mich so sehr fesselte. Zum Teil vielleicht die Tatsache, daß sie so schnell sprach. Sie redete wie ein Wasserfall, mit einer Geschwindigkeit von hundert Kilometern in der Stunde, und schon dadurch unterschied sich das Ganze von einer normalen, langweiligen Unterrichtsstunde. Die meisten Lehrer, die ich bisher hatte, sprechen entsetzlich langsam. Manche brauchen tatsächlich die doppelte Zeit, um die Wörter herauszubringen; bei anderen meint man zuerst, sie reden ganz normal, aber wenn man genauer hinhört, merkt man, daß sie immer wieder das gleiche sagen: zuerst für die Idioten in der letzten Reihe, dann für die Leute, die gerade erst hereingekommen sind, weil sie noch so lange in den Umkleideräumen herumgetrödelt haben, und dann noch ein drittes Mal für alle übrigen, die zwar die ganze Zeit da waren, aber einfach nicht zugehört haben.

Obwohl sie so schnell redete, sagte sie nie etwas zweimal, und wenn man nicht aufpaßte – zack, war's vorbei, und man hatte eben Pech gehabt. Sie sprach so schnell, daß man wirklich die Ohren spitzen mußte. Dabei zog sie unentwegt irgendwelche Papiere aus ihrer Tasche und zeigte sie uns: verschmierte, vollgekritzelte Blätter, mit dick durchgestrichenen Stellen, erste Entwürfe der ersten Seiten eines Buches, mit Höchstgeschwindigkeit geschrieben, um in Schwung zu kommen, wie sie sagte.

Dann präsentierte sie uns weitere, diesmal etwas säuberlicher beschriebene Seiten mit schmuddeligen Radierflecken an Stellen, an denen sie immer wieder andere Formulierungen ausprobiert hatte. Manchmal hatte sie so oft radiert, daß in den Blättern riesige Löcher waren.

»April!« sagte sie.

Sie redete ununterbrochen weiter und erzählte

uns, wie sie über der Arbeit saß, Tag für Tag, Woche für Woche, Monat für Monat. Dann zeigte sie uns Seiten, die sauber und ordentlich mit der Maschine getippt waren.

»September!« erklärte sie.

Ich dachte schon, wir müßten jetzt so ziemlich durch sein, aber nein. Im nächsten Augenblick hielt sie ein weiteres getipptes Blatt hoch, das genauso aussah wie die vorhergehenden, aber von Bleistiftkorrekturen, Durchgestrichenem und Einschüben nur so wimmelte. Offensichtlich hatte sie alles noch einmal überarbeitet.

»Oktober!« verkündete sie. »Aber jetzt haben wir's gleich.«

November war tipptopp. Sie hatte alles noch einmal schön mit der Maschine geschrieben, und nur weil ich in der ersten Reihe saß und das Licht von hinten durch das Papier schien, konnte ich die kleinen weißen Flecken sehen, die mir verrieten, daß sie mit Tipp-Ex gearbeitet hatte.

Und dann griff sie plötzlich erneut in ihre Tasche und holte einen großen grünen Aktenordner hervor. Auf der Vorderseite klebte ein Etikett, auf dem in großen Buchstaben *Aufstieg und tiefer Fall des Stewart Moffat* stand.

»Dezember!« rief sie triumphierend.

»Alec Whitsun!« rief ich verblüfft.

Es rutschte mir einfach heraus, ganz von selbst.

Sie starrte mich an. Zuerst sah sie erfreut aus, dann beunruhigt. Sie unterbrach ihren Vortrag für einen Moment, beugte sich zu mir herab, so daß ihre Röcke am Boden schleiften, und fragte: »Stört's dich?«

»Nein, nein«, sagte ich. Es war mir schrecklich peinlich. »Überhaupt nicht.« Und als sie sich wieder aufrichtete, setzte ich dümmlich hinzu: »Tut mir leid.«

Aber ich wußte genau, was sie gemeint hatte, als sie »Stört's dich?« fragte. Sie hatte Angst, es könnte mir die Bücher verleiden, wenn ich wußte, daß sie von einer Alicia geschrieben waren und nicht von einem Alec. Ich habe alle zehn Whitsun-Bücher gelesen. Ich finde sie toll. Jahrelang hatte ich gedacht, es gebe nur vier davon. Dann entdeckte ich eines Tages durch reinen Zufall ein fünftes, und darin war vorn eine Liste – ›Von Alec Whitsun erschienen‹ – mit sechs weiteren Titeln, darunter *Aufstieg und tiefer Fall des Stewart Moffat*. Es dauerte eine Ewigkeit, bis ich sie mir alle beschafft hatte, denn die Whitsun-Bücher gehören zu der Sorte Bücher, die sich die Leute in der Bibliothek direkt vom Bücherwagen grabschen und keine Sekunde aus der Hand legen, damit sie ihnen auch ja keiner wegschnappt. Es war so seltsam, daß er jetzt da stand – daß *sie* jetzt da stand –, einen Aktenordner voll Blätter in der Hand, die sie wieder und wieder umgeschrieben und schließlich getippt hatte: das Buch, das ich in der Schule, beim Abendbrot und bis tief in die Nacht gelesen hatte, die Türritze mit allen meinen Kissen zugepackt, damit Mum und Dad nicht merkten, daß bei mir noch Licht brannte.

»Irgendwelche Fragen dazu?« sagte sie plötzlich.

Sie schien gar nicht auf die Idee zu kommen, daß es keine Fragen geben könnte. Offenbar glaubte sie, Bücherschreiben sei das interessanteste Thema der Welt. Nicht einmal das lange, verlegene Schweigen, das darauf folgte, schien ihr etwas auszumachen. Wahrscheinlich dachte sie, wir alle seien am Überlegen, wie wir unsere Fragen am besten formulieren sollten.

Als erste hob natürlich Marisa die Hand.

»Kann jede eine Schriftstellerin werden?« (Sie meinte sich selbst.)

Unglaublich, wie sich Mrs. Whitley daran festbiß. Schriftsteller und Schriftstellerinnen gebe es solche und solche, sagte sie, aber eine *gute* Schriftstellerin könne man nur werden, wenn man auch eine gute Leserin sei. Das sei das wichtigste. »Man schreibt für die Leserin in sich«, sagte sie. »Man muß es merken, wenn die Sache stimmt. Wenn man nicht liest, wenn man nicht merkt, ob etwas *stimmig* ist, wie soll man dann selbst schreiben?«

Sie hatte recht mit dem, was sie sagte. Ich kannte das. Ich hatte es von dem Moment an gewußt, als ich den *Endlosen Sommer* aufgeschlagen und die ersten Seiten gelesen hatte. Man merkt es sofort, wenn etwas so geschrieben ist, daß es stimmig ist. Etwas in einem sagt: »Ja! Genauso muß es gewesen sein. Genauso muß es sich angefühlt haben.« Und sie wußte es auch. Sie stand da und redete darüber mit dem gleichen irren Leuchten in den Augen wie dieser komische Waliser, der jeden Samstag in der Einkaufspassage seine Predigten hält. Und dann sagte sie uns, was man zum Schreiben außerdem noch braucht.

»Ihr müßt auch etwas zu sagen haben. Es kann eine gute Story sein oder etwas Lustiges, vielleicht auch etwas, was euch schon lange im Kopf herumgeht, ein Problem, für das ihr eine Lösung sucht. Jedenfalls wollt ihr darüber schreiben. Was es ist, spielt keine Rolle, aber es hilft schon ein bißchen, wenn es etwas Wichtiges ist.«

Ein Problem, für das ihr eine Lösung sucht. Darüber dachte ich nach, als das letzte Klingeln ertönte und Mr. Astley eilig seinen Ordner zuklappte, aufsprang und Alexandra Whitburn für ihren überaus interessanten und lehrreichen Vortrag dankte. Ich kam zu dem Schluß, daß sie auch darin recht hatte. Man muß etwas haben, worüber sich zu schreiben lohnt. William Scott Saffery hatte seine fünf Monate im Schützengraben. Was er zu sagen hat, ist so erstaunlich, daß ich es immer und immer wieder lese. Ich kann einfach nicht genug davon kriegen. Ich kenne seine Tage und Nächte inzwischen viel besser als meine eigenen. Aber irgendwie kann ich mir gar nicht vorstellen, daß er in all dem Dreck und Blut und Regen sitzen und ein Buch über *mein* Leben lesen würde.

Aber warum eigentlich nicht? Ich würde es tun. Ich würde, wenn ich er wäre, alles dafür geben, mich da herauszulesen, wann immer es nur ginge. Damals, in der Woche, als Stormer Phillips mir drohte, die Gang seines Bruders auf mich zu hetzen, habe ich, glaube ich, ununterbrochen gelesen. Wenn ich William Saffery wäre, dann würde ich mir alles schnappen, was mich nur irgendwie von dem infernalischen Geschützfeuer ablenken könnte.

Unser Haus ist ja ebenfalls ein Schlachtfeld, auf seine Art. Das sagt Mum jedenfalls. Sie behauptet, wir hätten zu Hause die Hölle auf Erden, seit Estelle sich über Nacht in eine kreischende Hexe verwandelt habe. Manchmal ist Mum wegen

Estelle so durcheinander, daß sie nicht einmal mehr wie ein normales menschliches Wesen zur Tür hereinkommt. Sie stellt das Auto ein kleines Stück weiter weg, schleicht sich ums Haus und klopft dort, wo ich gerade sitze und Hausaufgaben mache, ans Fenster.

Ich öffne es und beuge mich hinaus. Mum steht gewöhnlich in einem Blumenbeet, die Schuhe total mit Erde verschmiert. Sie fragt mich nicht, wie's in der Schule war. O nein. Keine Zeit für Details, mitten im feindlichen Feuer. Sie kommt sofort zur Sache.

»Wie geht's deiner Schwester?«

Daß sie nicht Muffy meint, ist klar.

»Sie ist nicht sehr gut drauf.«

Mums Gesicht nimmt einen gehetzten Ausdruck an.

»Wo ist sie? Oben?«

»Nein, in der Küche. Sie wartet auf dich.«

»O Gott. Hilf mir rein.«

Ich weiß nicht, was die Nachbarn denken, wenn sie sehen, wie Mum ihren Rock rafft und durchs Fenster klettert, und das Tag für Tag. Mum meint, wenn sie je eine Tochter im Teenageralter hätten, würden sie das auf Anhieb verstehen. Wenn nicht, dann wäre jeder Versuch, es ihnen zu erklären, zwecklos.

»Ich brauch' nur fünf Minuten«, sagt sie. »Fünf Minuten Ruhe und Frieden. Dann kann ich's verkraften.«

»In den Schützengräben hat man den Leuten Rum gegeben.«

»Schützengräben!«

So, wie sie es sagt, könnte man meinen, sie würde mit Freuden das ganze Haus (mit Estelle darin) verkaufen und gegen einen schönen ruhigen Schützengraben an der Front eintauschen.

Schlachten zu Hause und anderswo. Alles guter Lesestoff. Je länger ich darüber nachdachte, desto sicherer war ich mir, daß meine Geschichte William Scott Saffery genauso gefesselt hätte wie mich seine.

Zuerst dachte ich, es sei nur ein flüchtiger Gedanke, etwas, was einem so durch den Kopf schwirrt und wieder verschwindet, wie diese durchsichtigen, gewellten Wurmgebilde, die einem bei grellem Sonnenschein über die Augäpfel schweben. Erst als die anderen anfingen, ihre Schultaschen unter den Stühlen hervorzuangeln und sich unter Drängeln und Rempeln in Richtung Tür zu bewegen, um in die Klassenzimmer zurückzustürmen und ihre Sachen zu packen – erst da wurde mir klar, was ich getan hatte. Ich hatte einen Entschluß gefaßt.

Als William Saffery sich mitten in einem Krieg wiederfand, setzte er sich hin und schrieb ein Buch darüber.

Das gleiche würde ich auch tun.

2

William Saffery schrieb über »alles, worüber es etwas zu schreiben gibt«. Ich besitze ein schönes schwarzes, in schimmerndes Leinen gebundenes Buch, auf dessen Vorderseite in goldenen Blockbuchstaben *Fa. Riemen-Gilik* steht. Ich habe es vor ein paar Jahren in einem Müllcontainer gefunden, vor dem Haus, in dem Mum arbeitet. Nur die ersten sieben Seiten waren beschrieben, mit irgendwelchen altmodisch aussehenden Zahlen in krakeliger brauner Schrift. Ich riß sie heraus, zusammen mit den sieben letzten Seiten, die ohnehin irgendwann herausgefallen wären, und verwahrte das Buch ganz unten in meinem Schrank. Jedesmal, wenn Estelle auf der Suche nach etwas zum Anziehen meine Sachen durchwühlte, fragte sie mich, ob sie es haben könne. Aber ich wußte, daß ich es noch einmal würde gebrauchen können. Es wäre natürlich ideal, wenn das Buch, das ich schreibe, *Fa. Riemen-Gilik* hieße, doch ich denke an einen anderen Titel. Den verrate ich aber noch nicht. Wie William Saffery auf der ersten Seite schreibt: *Aus Gründen militärischer Geheimhaltung sind gelegentliche Lücken im Text nicht zu vermeiden.*

Aber alles kann ich nicht weglassen, so gefährlich es auch wäre, wenn jemand das Buch finden würde. Und gefährlich ist genau das richtige Wort. Estelle ist ein Jahr jünger als ich und achtzehn Zentimeter kleiner, aber sie jagt mir noch immer eine Heidenangst ein, wenn sie in Rage kommt. Und sie würde mich umbringen, wenn sie das hier finden und lesen würde. Nur gut, daß ich eine Menge Bücher wie *Der Feind* gelesen habe und weiß, wie man etwas vor notorischen Schnüfflern versteckt. Mum und Dad kommen natürlich ziemlich oft hier herein und bringen frische Wäsche oder regen sich über den pelzigen grünen Schimmelfleck auf, der sich immer weiter die Wand hocharbeitet. Doch seit Mum nach Muffys Geburt wieder angefangen hat zu arbeiten, muß ich mein Zimmer selbst saubermachen. Eine Wollmaus zuviel, und mein Taschengeld wird nahezu auf Null gekürzt; aber wenigstens fuhrwerkt niemand anderer mit dem Staubsauger zwischen meinen Möbeln herum.

Ich werde das Buch unter meinem Bett aufbewahren, ganz hinten in der Ecke, unter dem Teppich. Da findet Estelle es nicht. Hoffentlich jedenfalls. Sie würde an die Decke gehen, schon bei dem bißchen, das ich bis jetzt geschrieben habe. Das Problem ist, daß sie keinen Sinn für Humor mehr hat. Früher war sie für jeden Spaß zu haben, aber seit dem Tag, als ich ihr den ›Terrible Teens‹-Button geschenkt habe und sie ihn sich sofort wieder abgerissen und mir die Nadel ins Fleisch gebohrt hat, seit diesem Tag hat Estelle sich verändert. Manchmal ist sie fast so nett und unkompliziert wie früher, aber meistens ist es, als würde man mit einer Nachwuchshexe unter einem Dach wohnen. Wir leben permanent in Furcht und Schrecken. Jeder in der Familie hat seine eigenen Worte dafür, was mit Estelle los ist. »Sie ist ein bißchen schwierig«, nennt Dad es. Mum ist direkter. Sie sagt, Estelle wird immer bockiger, und Granny meint vorsichtig: »Sie ist ein bißchen eigensinnig – manchmal jedenfalls...« Muffy sagt natürlich nichts. (Muffy sagt fast nie etwas.) Aber die Art, wie sie manchmal den Daumen in den Mund schiebt und Estelle anstarrt wie etwas ganz besonders Seltsames im Fernsehen, läßt eindeutig darauf schließen, daß sie sich wie alle anderen in der Familie fragt, was mit ihrer heißgeliebten Stelly los ist.

Denn früher war Estelle ein Engel, darüber sind sich alle einig. Ein Engel von solcher Vollkommenheit, daß immer sie es war, der man die Verantwortung übertrug, obwohl ich ein ganzes Jahr älter bin als sie. »Daß du Will ja an der Hand nimmst, wenn ihr über die Hauptstraße geht, Estelle«, – das hieß, wie sich später herausstellte, daß sie auf mich aufpassen sollte und nicht ich auf sie, wie ich jahrelang geglaubt hatte. Tatsächlich behauptet Mum, Estelle hätte mich praktisch großgezogen. Schon als sie noch ganz klein war, konnte sie wunderbar auf andere aufpassen. Zum Teil kommt das natürlich daher, daß ich ein ziemlicher Spätentwickler war. Aber vor allem liegt es daran, daß sie ein so weiches Herz hat. Und zwar von Geburt an. Einmal, als sie erst achtzehn Monate alt war, hatte Dad sich im Urlaub einen Hexenschuß geholt, als er sie im Hotel in ihr Bettchen legte. Alle viere von sich gestreckt, lag er da und konnte sich nicht mehr rühren. Estelle wollte ihn trösten, und weil sie durch die Gitterstäbe nicht richtig an ihn heranreichte, zog sie sich hoch und beugte sich über den Rand. Dad sagt, das letzte, woran er sich erinnert, bevor er ohnmächtig wurde, sind Estelles heiße kleine Mitleidstränen, die auf seinen nackten Rücken tropften. Immer wenn jetzt jemand von Tossa del Mar spricht, bekommt Dad feuchte Augen. Er behauptet, das sei die Erinnerung an die unerträglichen Schmerzen, aber wir wissen es besser. Dad ist, was Estelle anbelangt, sentimental, und das war er schon immer.

Auch Mum kann stundenlang davon erzählen, wie wunderbar Estelle früher war. »So ein schlaues Kerlchen! Einmal hat sie Kekse aus einer Packung stibitzt, die ich auf dem Tisch liegengelassen hatte. Ich stand am Spülbecken, drehte mich um und fragte sie: ›Estelle, ist das jetzt dein vierter oder dein fünfter?‹ Und wißt ihr, was sie geantwortet hat? ›Oje! Ich glaub', mein letzter!‹« Granny schwärmt heute noch von den rosa Rüschenkleidchen, in denen Estelle so süß ausgesehen hat. Jetzt läuft sie, wenn man Granny fragt, die meiste Zeit herum wie ein Wesen, das gerade aus einer Gruft gekrochen ist. Und selbst Chopper (der praktisch mit jedem Mädchen in der Schule schon einmal aus war und es deshalb wissen muß) räumt ein, daß Estelle *früher* ganz in Ordnung war.

Und ich?

Ich verstehe nicht, was da passiert ist. Ich dachte immer, man wächst ganz allmählich heran. Innerlich bleibt man mehr oder weniger derselbe, aber man lernt immer mehr, eins nach dem anderen, in stetiger Weiterentwicklung. Was immer also mit Estelle los ist – es beunruhigt mich. Wie kann jemand nur ganz genau wissen, daß man zu fragen hat, ehe man anderer Leute Sachen nimmt und irgendwelchen Blödsinn damit anstellt, und dann plötzlich über Nacht vergessen, wie diesen Leuten zumute ist, wenn sie ins Zimmer kommen und ihr teures Radio, ihren Taschenrechner und ihre neue Lederjacke kreuz und quer über den Boden verstreut vorfinden? Wie kann jemand nur jahrelang auf ein und dieselbe Schule gehen und plötzlich alle Regeln vergessen? Und wie ist es möglich, daß Estelle ein Zimmer betritt, mich – ihren Bruder, mit dem sie jahrelang friedlich zusammengelebt hat – sieht und aus heiterem Himmel zu keifen anfängt? Was stimmt mit mir denn plötzlich nicht mehr? Ich bin doch derselbe geblieben. Ich werde zwar von Woche zu Woche größer, aber das braucht Estelle doch nicht zu stören. Schließlich bin ich es, der sich dauernd irgendwo den Kopf anstößt, und nicht sie. Gestern kam ich in die Küche, und da sagte Mum: »Nanu, du hast ja auf einmal ganz gelbe Haare!«

Es war Curry. Ich renne zur Zeit so oft mit dem Kopf gegen irgendwelche Gegenstände, daß ich den Schmerz kaum noch spüre. Ich war im Vorbeigehen gegen die Unterseite des Gewürzregals gestoßen, und der ganze Curry war aus seiner Plastikdose heraus und mir über die Haare gestäubt.

Ich habe also durchaus meine eigenen Probleme. Sie ist nicht die einzige hier, die Veränderungen durchmacht. Ich wachse viel schneller als sie. Aber innerlich verändert sich bei mir, glaube ich, nichts. Ich denke, ich bin nach wie vor derselbe, der ich immer war. Auf jeden Fall habe ich mich nicht in eine derartige Hexe verwandelt, so wie sie.

Heute morgen zum Beispiel. Das war wieder typisch. Montags hat Mum ihren freien Tag, und Muffy bleibt zu Hause. Und seit Dads Tankstelle das ganze Wochenende über geöffnet hat, ist Montag der einzige Tag, an dem er und Mum morgens länger im Bett bleiben können. Mum hat sich aufgesetzt und trinkt den Tee, den ich ihr gebracht habe. Dad liegt noch in seine Daunendecke eingerollt und ist nicht zu sprechen.

Da rauscht Estelle herein. Ich bekam alles mit, weil ich gerade Mums Portemonnaie nach Essensgeld durchsuchte – sie hatte geschworen, irgendwo müsse welches sein. Estelle sagte weder »Guten Morgen« noch sonst etwas, sondern legte sofort los.

»Ich brauch' zwei Pfund.«

Ich blickte auf und sah gerade noch, wie Mums Gesicht erstarrte und ihre Finger sich um den Griff der Teetasse krampften.

»So?«

»Ja.«

Keine Erklärung, nichts. Einfach nur »Ich brauch' zwei Pfund.« Ich sah, wie die kleine Wölbung, die Mums Fuß unter der Bettdecke bildete, zu Dads Bein hinüberglitt. Ich wußte genau, was das bedeutete, nämlich: »Du bist ihr Vater, George Flowers. Wach auf und kümmer dich darum. Ich schaff' das nicht, so früh am Morgen.«

Dad wußte auch, was es bedeutete. Seufzend wälzte er sich herum, und die Decke rollte mit, sah aus wie ein gestrandeter Wal. Er öffnete ein verschlafenes Auge. Estelle hatte sich inzwischen auf den Hocker vor Mums Toilettentisch fallen lassen und hantierte mit Mums teuren Make-up-Sachen.

Dad gab sich einen Ruck.

»Zwei Pfund?«

»Ja, jetzt sofort!«

Irgendwie schaffte Estelle es, daß es klang wie das letzte gütliche Angebot eines Kidnappers, bevor er abgeschnittene Ohren mit der Post an die gepeinigte Familie schickt.

»Und wofür?«

Auf einmal sah Estelle so finster in den Spiegel, als hätte Dad sie eine Lügnerin und Diebin geheißen und nicht einfach nur gefragt, wofür sie zwei Pfund brauche.

»Für einen Ausflug, das hab' ich euch doch gesagt!«

»Ich glaube nicht, Estelle...«

Mit mir wäre er nicht so taktvoll gewesen, das steht fest. Wenn ich daherkäme und unter Drohungen Geld forderte, dann würde er sich nicht auf die Zunge beißen und »Ich glaube nicht, Will« sagen, sondern ganz unverblümt: »Nein, das hast du nicht. Ich bin doch nicht taub. Und auf den Kopf gefallen bin ich auch nicht!« Aber genau wie alle anderen in der Familie ist Dad in den letzten Monaten Estelle gegenüber sehr vorsichtig geworden. Wie William Saffery zieht er den Kopf ein und hofft, daß die Granaten anderswo einschlagen.

Estelle kroch jetzt, irgend etwas vor sich hin murmelnd, förmlich in den Spiegel hinein und machte sich an ihrem Gesicht zu schaffen. Ich verstand kein Wort von dem, was sie sagte, und Dad auch nicht. Er mußte sie bitten, es zu wiederholen. Dieses Mal kam es wie ein gewaltiges Knurren heraus.

»Was kann denn ich dafür, wenn ihr nicht zuhört!«

Dad seufzte, und ich begann eine Seufzerzählung. Es war der zweite.

»Wir hören dir zu, Estelle. Nur können sich

weder deine Mutter noch ich erinnern, daß du irgend etwas von zwei Pfund für einen Schulausflug gesagt hast.«

Er sprach für sie beide, denn Mum hatte sich die Decke über den Kopf gezogen. Sie war jetzt nur noch ein langes grünes Gebilde, wie ein Schlafsack am Ende einer Episode von *M.A.S.H.* Mum kann Streitereien so früh am Morgen nicht ertragen. Sie ist Rechtsanwältin und befaßt sich mit nichts anderem als Streitigkeiten, sobald sie nur den Fuß in ihr Büro setzt. Vor neun Uhr aber reicht sie sie sofort an Dad weiter, so wie William Saffery sein Gewehr seinem Freund Chalky übergab, wenn er zu früh am Tag mitbekam, daß in den feindlichen Schützengräben jemand beschossen wurde. Er konnte seinen Tag einfach nicht damit beginnen, einen Menschen zu töten. Das kann ich gut verstehen.

Estelle fuhr sich zum x-tenmal mit Mums sündhaft teurem Eyeliner um die Augen.

»Willst du damit etwa sagen, daß ich lüge?«

Dad seufzte erneut (Nummer drei).

»Das ist nicht sehr nett von dir, Estelle. Und fair ist es auch nicht. Ich denke nicht, daß du lügst. Es wäre nur schön, wenn du die Güte hättest, mir ein wenig über diesen Ausflug zu erzählen, bevor ich zur Brieftasche greife und ihn finanziere.«

Estelle kann Dinge wirklich sehr geschickt verdrehen.

»Immer wenn ich etwas brauche, rückst du keinen Penny raus! Aber die anderen kriegen alles. Für Muffy hast du letzte Woche gleich ein ganzes Bett gekauft –«

»Estelle, Muffy kann nicht in alle Ewigkeit in ihrem Gitterbettchen schlafen.«

»Und Will hast du einen Taschenrechner gekauft!«

»Den braucht er für Mathe, Estelle!«

»Und ich bitte dich gerade mal um zwei lumpige Pfund, damit ich mit meiner Klasse in den Sanderly Tree Park fahren kann, und was ist der Erfolg? Du machst mir eine Riesenszene!«

Auf Mums Seite drangen seltsame Geräusche unter der Bettdecke hervor. Erst dachte ich, es wären nur weitere Seufzer, aber dann merkte ich, daß sie einer Herzattacke nahe war. So schnell er konnte, streckte Dad sein Bein zur Seite und klemmte sie damit fest. Und als es ihr schließlich gelang, die Decke zurückzuwerfen, um auf Estelle loszugehen, hatte er bereits den Arm um ihren Hals geschlungen und ihr seine riesige Pranke über den Mund gestülpt. Mum kämpfte wie eine Löwin, und es muß eine Menge Kraft gekostet haben, sie niederzuhalten. Hätte er sie plötzlich losgelassen, hätte es mich kein bißchen überrascht, wenn sie hochgeschnellt und mit dem Kopf an die Decke gekracht wäre.

Da drehte Estelle sich um. Es war unglaublich. Sie hatte sich eine solche Masse von Mums kostbarem Zeug um die Augen geschmiert, daß sie aussah wie ein Waschbär.

Mum rastete völlig aus. Dad konnte sie kaum noch im Bett festhalten, während Estelle zur Tür stolzierte.

»Schon gut«, sagte Estelle mit Märtyrermiene. »Es muß ja nicht sein. Ich brauche Miss Sullivan nur zu sagen, daß ihr mir das Geld nicht geben wollt...«

Das wirkte schlagartig. Augenblicklich war Dad aus dem Bett und auf den Beinen. Aus seinem Klammergriff befreit, begann Mum hinter Estelle her zu schreien: »Untersteh dich und sag so was zu Miss Sullivan!« Dad nahm seine Jacke und drehte sie um. Der ganze Tascheninhalt fiel zu Boden, und ein paar Münzen rollten über den Teppich. Er schnappte sie sich, stürzte an Muffy vorbei, die gerade im Schlafanzug in der Tür aufgetaucht war, und schleuderte die Münzen mit aller Kraft hinter Estelle die Treppe hinab.

»Geh doch auf deinen verdammten Ausflug!« brüllte er. »Laß dich nicht aufhalten! Fahr ruhig aufs Land und amüsier dich gut beim Amseln- und Kaninchenquälen!«

Muffy sah ganz entsetzt drein. Die Haustür fiel mit Getöse ins Schloß. Das ganze Haus erzitterte. Dann trat Stille ein. William Scott Saffery sagt, keine Stille sei wie die Stille nach einem Angriff. Sie sei so real, daß man glaube, sie mit Händen greifen zu können. So ist es auch manchmal nach Estelles Abgang. Wir verhalten uns ruhig und warten. Muffy klettert ins Bett, doch keiner sagt ein Wort. Dann, endlich, hören wir die Gartentür zuschnappen, und Mum und Dad starren einander an. Feuerpause! Mum sinkt kreidebleich in die Kissen zurück. Manchmal zittern ihre Hände so heftig, daß sie nicht einmal mehr die Teetasse halten kann, die Dad ihr reicht. Sie muß sie absetzen und erst einmal herzhaft weinen.

Seufzend (vier? fünf? In der Hitze des Gefechts war ich mit dem Zählen völlig durcheinandergekommen) durchwühlte Dad erst seine Taschen und dann Mums Handtasche und hielt mir das Resultat seiner Suche hin: eine Zwanzig-Pfund-Note und siebenundzwanzig Pence.

Wir dürfen keine großen Scheine mit in die Schule nehmen.

»Schon gut«, sagte ich. »Kein Problem. Ich mach' mir selbst ein Brot.«

»Du bist ein guter Junge, Will.«

Mum konnte nichts sagen. Sie nickte nur, als ich ihr einen Abschiedskuß gab. Sie braucht Stunden, um sich von Estelles Auftritten zu erholen.

Der Kühlschrank war natürlich leer. Alles, was ich fand, waren ein alter Brotkanten und zwei ziemlich verschrumpelte Karotten. Also machte ich mir ein altes Karottenbrot. Besonders appetitlich sah es nicht aus. Selbst Chopper zog die Augenbrauen hoch, als er es sah, und dabei ist er in letzter Zeit auch nicht gerade Weltmeister im Mitbringen von nahrhaften, wohlschmeckenden Pausenbrotkombinationen. Wir saßen zusammen am Katzentisch und beobachteten meine Schwester, wie sie mit einem Teller, auf der sich Pizza, Pommes und Salat auftürmten, vorüberrauschte.

Ich gab meine *Exorzist IV*-Imitation, letzte Szene, zum besten. Ich kippte meinen Stuhl nach hinten, drückte mich platt gegen die Wand und legte in gespieltem Entsetzen die Finger zu einem Kreuz übereinander.

In einem rauhen, abgehackten Flüstern krächzte ich: »Siehst du das Ding da, Chopper? Es sieht doch ganz normal aus, oder? Es *klingt* auch ganz normal. Es *geht* sogar normal. Aber nimm dich in acht, Chopper. Nimm dich in acht! Das Ding da *ist* nicht meine Schwester!«

Neben mir rutschte Chopper auf seinem Stuhl so weit abwärts, daß er praktisch unter dem Tisch verschwand. Alles, was man noch von ihm sah, war das Weiße seiner Augäpfel.

»Es ist die Todesfee der Beechcroft Avenue!« Seine Stimme knirschte über die Worte wie Füße über den Kies eines Friedhofs. »Wer bei Tage ihr Wehklagen hört, wird kalt sein wie Stein, wenn es Nacht wird!«

»Halt dir die Ohren zu!«

»Und sieh, wie sie vorüberschwebt, des Todes bleiche Geistergestalt, das Gewand wie ein Leichentuch um die knöchernen Schultern gerafft.«

Das alles hatten wir aus einem Buch, das ich Muffy einmal von einem Flohmarkt in der Zweigstelle der Stadtbücherei mitgebracht hatte: *Geschichten aus dem Jenseits*. Mum wollte nicht, daß ich es Muffy vorlese, also las ich es statt dessen Chopper vor. Das mit der Todesfee hatte ihm am besten gefallen. An mehr erinnerte er sich jedoch nicht mehr, und so schickte er einen letzten hoffnungslosen Blick zu Estelle hinüber und schloß betrübt: »Früher war sie doch ganz in Ordnung. Jeden Spaß hat sie mitgemacht. Beim Monopoly hat sie mir immer die Bank überlassen, obwohl ich alles durcheinanderbringe.«

»Und mir hat sie immer ihr Skateboard geliehen, auch wenn sie gerade selbst fahren wollte. Jetzt hat sie es seit einem Jahr nicht mehr angerührt, aber wenn ich nur den Fuß draufsetze, ist sie sofort auf hundertachtzig.«

»Gestern hat sie mit Tapeziernägeln nach mir gespuckt, als ich sie ›Stelly‹ nannte.«

Ich war entsetzt.

»Was? Du hast es gewagt, sie Stelly zu nennen?«

Ein wehmütiger Blick traf mich.

»Früher durften wir sie immer Stelly nennen.«

Ich bohrte einen Finger in mein widerliches Brot.

»Früher war sie auch noch in Ordnung.«

Jetzt schien sich Choppers wehmütiger Blick wieder meinem Teller zugewandt zu haben. »Ißt du das Ding da?« fragte er mich. »Wenn nicht, dann tausch' ich es gegen den Joghurtrest hier. Ich glaub', der ist nicht mehr gut.«

Ich machte eine Kopfbewegung zu Estelle hinüber.

»Das kommt wahrscheinlich daher, daß *sie* daran vorbeigegangen ist.«

Er folgte meinem Blick. Estelle saß mit ihrem Freundinnenclan zusammen (Hexenzirkel pflegte Miss Adulewebe sie zu nennen). Als sie merkten, daß Chopper und ich zu ihnen hinüberschauten, streckten sie uns die Zunge heraus. Auf Floras Zunge klebte Hüttenkäse.

Chopper nahm den Rest von meinem Karottenbrot, und ich tauchte einen Finger in seinen Joghurtbecher. Ich fand, es schmeckte ganz normal.

»Ich schreibe gerade ein Buch über alles, was bei uns zu Hause so passiert«, gestand ich plötzlich. »Was ich vorhabe, ist, die ganze grausame, erschreckende Geschichte niederzuschreiben, genau so, wie sie sich ereignet.«

Chopper drehte sich um und starrte mich an. Da merkte ich, daß ich automatisch in William Safferys steife, altmodische Ausdrucksweise verfallen war.

Und dann – wirklich ein merkwürdiger Zufall – antwortete Chopper mir mit genau den gleichen Worten wie Chalky, als William ihm schließlich erklärte, was er da in den ruhigen Momenten zwischen den Angriffen so unbeirrbar in sein Heft kritzelte.

»Das ist doch Zeitverschwendung, Will. Das bringst du nie zu Ende.«

3

Aber ich werde es zu Ende bringen, das weiß ich. In ihrer allerersten Stunde bei uns hat Miss Adulewebe uns das Geheimnis des Schreibens verraten. »Setzt euch auf den Hosenboden!« Alle protestierten, aber sie blieb dabei. »Im Ernst: Das ist das Schwierigste. Setzt euch hin und nehmt einen Stift in die Hand, und dann geht alles wie von selbst.« Sie sagte es damals mit voller Überzeugung, wenn ich auch zugeben muß, daß sie es nie wieder gesagt hat. Allerdings hat sie den Glauben daran wohl nicht durch Marisas albernes Gekicher verloren, sondern erst, als sie ein paar von Choppers Arbeiten gelesen hatte. Da mußte sie kapitulieren.

Der arme Chopper kann einfach nicht schreiben. Mit dem Sprechen hat er keine Probleme. Die Worte kommen normalerweise in vernünftiger Reihenfolge aus seinem Mund. Wenn man ihm aber sagt, er soll sie aufschreiben, dann kommt dabei ein zähes, klebriges Durcheinander heraus, das nie auf den Punkt kommt. Nichts davon ergibt irgendeinen Sinn.

»Das kann ich nicht lesen«, sagte Miss Adulewebe, als er ihr seinen ersten Text übergab. Chopper seufzte nur. Er versuchte sie zu trösten, so wie er auch andere Lehrer tröstet. »Macht nichts, Miss. Vielleicht wird's besser, wenn Will mir hilft, richtiges Englisch draus zu machen.« Sie drehte sich um und runzelte die Stirn. Wahrscheinlich dachte sie, er macht Spaß. Sie wußte nicht, daß wir es immer so handhaben, seit Mr. Astley einen mittelschweren Anfall bekam, nachdem er sich durch Choppers tollkühne Beschreibung der fünf wichtigsten Klimazonen hindurchgekämpft hatte. (»Du hast mein Thema völlig ruiniert, Chopperly! Völlig ruiniert!«) Chopper war fürchterlich beleidigt. Er schmollte, bis die Stunde zu Ende war und Mr. Astley zu ihm hinüberschlenderte, um sich zu entschuldigen und ihm ein Pfefferminzbonbon anzubieten. Da hob sich seine Laune wieder. Aber von da an bat Chopper mich fast täglich, ihm seine Schularbeiten nachzusehen. Mir machte das nichts aus. Wir sind gute Freunde, und in Schwierigkeiten komme ich dadurch auch nicht. Jeder, der Chopper unterrichtet, weiß, daß zwischen ihm und einem lesbaren Text Welten liegen. Wenn ich seine schriftlichen Arbeiten erst noch in die Mangel nehme, dann kommt wenigstens eine halbwegs klare Linie hinein. Geschummelt ist das nicht, denn er bekommt entsprechend schlechtere Noten. Und bis Miss Adulewebe kam, war niemand so gefühllos gewesen, ein Wort über unser Verfahren zu verlieren. Aber sie warf alles über den Haufen. Sie ließ uns vor ihrer Nase eine Übung mit Zeitlimit schreiben: zehn Interpretationsfragen zu *Wer die Nachtigall stört.* Ich half Chopper durch die ersten sieben, aber dann mußte ich früher los, weil ich zum Zahnarzt mußte, gerade als Miss Adulewebe sagte: »Noch zehn Minuten!« In rasender Eile beendete Chopper seine Arbeit.

Ein paar Tage später kam sie aus großer Höhe auf unseren Zweiertisch zurückgeflattert. Chopper, zermürbt vor Spannung, beging den Fehler zu fragen: »Wie war's?«

Miss Adulewebe sah uns von oben bis unten an und sagte mit vernichtendem Hohn: »Soweit es von Will stammt, in Ordnung. Was von dir stammt, Chopper, war schlicht und einfach grauenhaft.«

Nein, Miss Adulewebe nahm kein Blatt vor den Mund. Trotzdem mochte ich die Stunden bei ihr. Zwar war sie nie mehr so unbesonnen zu behaupten, zum Schreiben gehöre nicht mehr, als sich auf den Hosenboden zu setzen und einen Stift in die Hand zu nehmen, aber sie verteilte jede Menge andere Ratschläge. Schon in der dritten Woche nach Schulbeginn warnte sie Stormer Phillips: Sollte er noch ein einziges Mal so unklug sein, ihr einen mit seiner hirnlosen Comic-Sprache (Zack! Peng! Uff! Aua!) gespickten Text zu liefern, werde sie ihm höchstpersönlich den Kopf abreißen. Zu Marisa sagte sie, wenn sie je wieder einen Aufsatz mit den Worten »Und dann wachte ich auf und merkte, daß alles nur ein Traum war« beende, werde sie sich auf dem Fußboden wiederfinden. Und auch zu mir war sie ganz schön grob und schlug mir meine Aufsätze immer erst kräftig um die Ohren, ehe sie sie mir zurückgab.

»Du solltest besser nicht neben Chopper sitzen. Davon wirst du nur faul und überheblich!«

Nein, viel Geduld hatte Miss Adulewebe nicht. Deswegen ist sie wohl auch wieder gegangen. Auf Scottys Geheiß mußte ich ihr am letzten Tag ein paar von ihren Sachen zum Auto tragen. (»Du bist doch ein kräftiger Bursche, Flowers! Nimm Miss Adulewebe ihre Kartons ab! Los, mach schon!«) Sie verstaute gerade alles fein säuberlich auf dem Rücksitz und drehte sich zu mir um.

»Ach, du bist's. Das ist gut. Ich hab' dir was zu sagen.« Es klang fast wie eine Drohung.

»Was hab' ich denn getan?«

Sie richtete sich auf, stützte sich auf die Wagentür und sah mich lange an.

»Ich will dir sagen, was dein Problem ist, Will Flowers. Was du schreibst, ist in Ordnung, aber du willst mit aller Gewalt deine Gefühle aus dem Spiel lassen. Wenn du so weitermachst, wird alles, was du je schreibst, vollkommen leblos sein.«

Wirklich reizend. Ich schleppe ihre Kartons, und sie verhängt einen Fluch über mich.

Chopper kam angeschlichen, gerade als der Wagen, Wolken von schwarzen Auspuffgasen ausspuckend, davonschoß.

»Was war denn los?«

»Nichts.«

Aber es ging mir nicht aus dem Kopf. Und jetzt, wo ich beschlossen habe, ein ganzes Buch zu schreiben, fürchte ich natürlich, sie könnte recht haben und ich schreibe tatsächlich nicht genug darüber, wie ich mich fühle, wenn in der Beechcroft Avenue 27 alles drunter und drüber geht, weil meine wildgewordene Schwester an ihren Käfigstäben rüttelt. Aber leicht ist es nicht. Oft weiß ich auch gar nicht, wie mir zumute ist. Da geht es mir ein bißchen wie der armen Muffy, wenn sie in Augenblicken, die Estelle für geeignet erachtet, ein paar Salven auf Mum und Dad abzufeuern, im Niemandsland in der Mitte des Teppichs verharrt.

»Alison gibt Freitag abend eine Party. Ich hab' gesagt, ich komme – das geht doch klar, oder?«

Muffys Augen weiten sich. Sie vergöttert Estelle, und ein Teil von ihr möchte auf ihren Schoß klettern, so wie sie es früher immer getan hat, wenn sie wegen irgend etwas traurig oder beunruhigt war. Der andere Teil aber will davonlaufen und in Deckung gehen. Sie fühlt sich hin und her gerissen, und so steht sie in ihrem gelben Zwergenschlafanzug mit den eingebauten Füßen schließlich wie gelähmt da und nuckelt immer heftiger am Daumen, je mehr sich die Lage zuspitzt.

»Welche Alison?«

»Sind ihre Eltern da?«

»Bis wann geht die Party?«

Manchmal tritt eine unverhoffte Feuerpause ein. »Ich glaube, ich erinnere mich an Alison. War das nicht das nette Mädchen, das wir einmal im Schwimmbad getroffen haben? Sie hat einen ganz vernünftigen Eindruck gemacht.« Und Muffys Augen leuchten auf. Vielleicht kommt sie sogar tapfer herangetappt und lehnt sich gegen Estelles Sofaende. Aber schon bald tobt der Kampf von neuem.

»Das ist gemein! Ich bin doch kein Baby mehr, wie Muffy! Wieso darf ich nicht?«

Muffy macht ein langes Gesicht. Das Äußerste, was sie jetzt zustandebringt, ist, daß sie ihren

Daumen für einen Moment ausstöpselt und flehentlich ruft: »Kein Spiel, Stelly! Kein Spiel!«

Wer redet denn von Spiel? Estelle bestimmt nicht. Wenn man sie hört, könnte man meinen, sie hätte sich ihr Leben lang nichts sehnlicher gewünscht, als zu Alisons Party zu gehen. Und für mich ist es erst recht kein Spiel. Mir ist sofort klar, daß ich jede Aussicht auf Hilfe – von welcher Seite auch immer – für den Französischtest morgen in den Schornstein schreiben kann. Und Mum und Dad werden wütend auf Estelle, weil sie Tag für Tag diese zermürbenden Sperrfeuer-Angriffe startet, bei denen es darum geht, was sie anziehen darf, wohin sie gehen darf und um wieviel Uhr sie zurück sein muß. Immer wieder nimmt Mum Estelle beiseite.

»Jetzt hör mir mal gut zu, meine Liebe. Als du in Muffys Alter warst, ging es hier ruhig und friedlich zu. Warum soll deine Schwester jetzt in einer Umgebung aufwachsen, in der sie ewig diese Kämpfe miterleben muß? Was ist denn das für eine Kindheit? Kannst du dich denn nicht mal ein bißchen zusammennehmen?«

Und möglicherweise versucht sie es sogar. Aber das geht nicht lange gut. Noch keine Stunde, und sie legt wieder los.

»Ich seh' nicht ein, warum ich nicht zu dieser

Party darf. Alle gehen hin, und ein Uhr ist ja schließlich nicht so spät.«

Diesmal ist Dad an der Reihe mit dem Versuch, ihre feindlichen Absichten zu vereiteln.

»Um Himmels willen, Estelle! Können wir denn nicht ein einziges Mal in Frieden essen? Du hast doch gehört, was deine Mutter gesagt hat. Das ist Muffy gegenüber nicht fair.«

»Muffy!« Ihre Stimme strotzt vor Hohn. »Muffy geht's prima.« Sie wendet sich zu ihr um. »Stimmt's?«

Muffy nickt strahlend.

»Na, bitte!« triumphiert Estelle. »Muffy geht's prima. Ihr macht das nichts aus.«

Mum sagte nichts, aber ich sah, wie sie Dad einen ängstlichen Blick zuwarf, und ich wußte, was sie dachte. Dr. Rombauer in der Klinik behauptet steif und fest, die Tatsache, daß Muffy so gut wie gar nicht spricht, sei nichts weiter als eine Phase, die sie gerade durchmacht. Irgendwann wird sich das auswachsen, und dann wird sie ›Wörter sagen‹, wie sie es nennt. Aber Mum macht sich manchmal Sorgen, daß sie bei den ständigen Reibereien im Haus für immer stumm bleiben wird.

Nicht so Estelle. Sie hatte bereits den nächsten Angriff gestartet.

»Und außerdem seh' ich nicht ein, daß ich hier rumlaufen und immer für mich behalten soll, was ich denke, und nicht für mich eintreten soll, nur damit Muffy in einer Märchenwelt aufwachsen kann!«

Dad seufzt.

»Das hat doch nichts mit Märchenwelt zu tun, wenn man beim Essen ein bißchen Ruhe und Frieden haben will...«

»Wenn man drin lebt, schon –«

Ich halte mir die Ohren zu, um nichts zu hören. Muffy macht es vielleicht nichts aus, aber mir schon. Ich habe mir einfach schon zu oft anhören müssen, wie Estelle reihenweise die Namen kriegsgeschüttelter Länder herunterrasselt. Jetzt, wo ich *Ein endloser Sommer* gelesen habe, mag ich wirklich nicht daran erinnert werden, daß in all den Ländern aus Estelles Schreckensliste Jungen in William Safferys und meinem Alter mit Gewehren herumlaufen. Erst als ich mich in Sicherheit wähnte, weil ich sah, daß Dad redete, nahm ich die Finger wieder aus den Ohren. Nur sagte er leider schon im ersten Satz, sie solle sich das ganze Thema bis nach dem Essen aufsparen.

Falsch! Grundfalsch! Das bewirkte nur, daß Estelle von neuem loslegte und uns erklärte, wie froh wir alle sein könnten, daß wir überhaupt zu essen hätten. Muffy blickte verwirrt auf ihren Schinkenauflauf. Und bevor irgend jemand Estelle daran hindern konnte, fing sie an, Muffy zu erklären, daß überall auf der Welt Kinder in unserem Alter durch Hungersnöte, in Slums und in Flüchtlingslagern sterben, weil Leute wie Mum und Dad so sehr damit beschäftigt seien, ihre eigene Familie mit Schinkenauflauf zu mästen, daß sie keine Zeit hätten, sich über anderer Leute Kinder Gedanken zu machen.

Mum verlor die Geduld.

»Es reicht, Estelle!«

(Mum kocht schrecklich ungern, und wenn sie etwas beim Essen nicht ausstehen kann, dann ist es schnöder Undank.)

Estelle verstummte und begann verdrossen, ihr Essen auf dem Teller hin und her zu schieben, finster entschlossen, keinen Bissen in den Mund zu stecken. Das Gift ihrer üblen Laune wälzte sich über den Tisch wie eine Gaswolke, nur daß wir im Gegensatz zu William Saffery in seinem Schützengraben nicht mit Gasmasken ausgerüstet und ihr daher schutzlos preisgegeben waren. Als erstes kam Muffys Löffel zum Stillstand. Sie konnte nicht weiteressen, so sehr beunruhigte es sie, daß Estelle ihr Abendessen nicht beendete. Dad verdrehte die Augen zum Himmel und legte seine

Gabel nieder. Automatisch hörte ich auch auf zu essen und harrte der Dinge, die da kommen würden.

Mum aß unbeirrt weiter, aber man sah ihr an, daß jeder Bissen noch mehr nach Pappe schmeckte als der vorhergehende.

Schließlich gab sie es ebenfalls auf und schob ihren Teller von sich.

»Bravo, Estelle«, sagte sie. »Wieder ein Essen verpfuscht.«

Estelle schäumte vor Wut.

»Phantastisch! Das mußte ja kommen! Natürlich bin *ich* wieder schuld!«

Sie warf Messer und Gabel auf den Tisch und rauschte türenknallend hinaus. In der Stille, die darauf folgte, wandte Dad sich Muffy zu. Er streckte einen Finger aus und fing eine dicke, schimmernde Träne auf, gerade als sie über den Lidrand quoll und ihre Wange hinunterzukullern begann.

»Und jetzt die Nachspeise«, sagte er, inspizierte die Träne genau und leckte sich die Lippen. »Mm, lecker!«

Muffys Miene hellte sich auf. Die Träne auf ihrer anderen Wange rollte herab, aber es traten keine neuen mehr in ihre Augen. Dad drehte sich zur anderen Seite, tätschelte Mums Hand auf dem

Tisch und sagte in einem sonoren, altmodischen Brigadierston: »Tja, so ist das im Krieg, mein Schatz.« Er schob das Kinn vor und starrte ins Leere. »Und der Krieg ist die Hölle...«

Mum war nicht in Stimmung. Sie machte eine zornige Kopfbewegung in Richtung Tür.

»Ich werd' dir sagen, was das Problem dieser jungen Dame ist. Sie weiß nicht, wer ihre Freunde sind. Dabei hat man mit Will schon genug Scherereien –«

Ich blickte überrascht auf. Nanu? Estelle stürmt hinaus, und plötzlich ist von mir die Rede?

»Tag und Nacht plärrt diese gräßliche Musik aus seinem Zimmer, und seine ganze schöne Blumentapete pflastert er mit diesen schauderhaften Postern voll. Kaum sieht es auch nur annähernd so aus, als gäbe es im Haushalt etwas zu helfen, verschwindet er in seinem Zimmer –«

»Also, entschuldige mal!« unterbrach ich. »Immerhin sitz' ich noch hier. Lebendig. Und mit zwei Ohren, die auch funktionieren.«

Besser als ihre, soviel war klar. Sie redete einfach weiter.

»Will ist schon schlimm genug, wie er immer im Haus herumschlurft wie ein Wesen, das Frankenstein nachts zum Leben erweckt. Und zur Tür hereinstürzt, ohne groß anzuhalten und den Türgriff zu drehen. Und von jeder Zimmerpflanze, an der er vorbeikommt, die Blätter abreißt. Und so an seinen Busfahrkarten herumkaut, daß er jedes zweite Mal doppelt bezahlen muß –«

Ich gab es auf. Ich saß nur noch da und starrte vor mich hin, während sie diesen Katalog von Vergehen hervorsprudelte, die bis dahin noch nicht einmal mir selbst bekannt gewesen waren.

»Und sich auf dem Heimweg von der Schule ständig in diese idiotischen Prügeleien mit Stormer Phillips verwickeln läßt und einfach so den Schuppen nebenan in Brand steckt und ›Hm?‹ sagt wie ein Geisteskranker, wann immer man ihn anspricht –«

»Nur zu, tu dir keinen Zwang an!«

(Endlich kam Brigadier Flowers auf Trab.)

Aber – zu spät. Sie war schon fast fertig mit mir.

»Mit Will hat man schon genug Scherereien. Aber Estelle!« Sie lehnte sich über den Tisch. Ihr Ärmel hing in den Schinkenauflauf, aber sie merkte es nicht. »Wir tun unser Bestes, und sie behandelt uns, als wären wir ihre Feinde. Zum Glück ist Will da anders. Er hat wenigstens immer gewußt, wer auf seiner Seite ist.«

Sie wandte sich mir zu.

»Stimmt's?« fragte sie, auf genau die gleiche Art, wie Estelle mit Muffy spricht.

Und wie Muffy konnte ich auch nur strahlend nicken. Aber ich war mir nicht sicher. Ich weiß nicht, wer auf wessen Seite steht. Das hier ist kein Krieg. Manchmal denke ich allerdings, die Dinge könnten sehr viel einfacher sein, wenn wir in verschiedenfarbigen Uniformen herumlaufen würden, um zu zeigen, wo unsere Sympathien in der jeweiligen Schlacht liegen. »Ach, sieh mal an. Heute ist sie auf unserer Seite. Sie trägt Khaki.« »Nimm dich in acht vor ihm. Er ist gerade nach oben gegangen, um wieder Feldgrau anzuziehen.«

Aber wahrscheinlich würde es nicht funktionieren. Selbst William Scott Saffery hatte Schwierigkeiten zu erkennen, wer der Feind war. Während ich Mum und Dad abräumen half, dachte ich daran, wie er von einem Nachtangriff zurückrobbte und eine Granate so nahe bei ihm einschlug, daß ihm Hören und Sehen verging. Ununterbrochen blutend kroch er davon, durch schlamm- und stacheldrahtbedecktes Niemandsland in die falsche Richtung, bis ihn eine Maschinengewehrsalve zwang, sich blitzschnell in die Sicherheit eines Granattrichters zu werfen. Eine Leuchtkugel stieg in den Himmel und fiel in bläulichgrünem Bogen wieder herab. In ihrem kurzen Aufleuchten sah er Gewehrkugeln über den Rand des Trichters sausen. Rat-tat-tat-tat-tat! Dann fiel in sein privates Blut- und Schlammloch plötzlich noch jemand anderer, der ebenso verzweifelt Schutz suchte. Schwer wie ein Sandsack landete er neben ihm, wer immer er auch war. Als William sich herumwälzte, um dieser neuen Gefahr ins Auge zu blicken, schoß eine zweite Leuchtkugel hoch. Ihr gespenstisches Licht hing für ein paar lange Augenblicke am Himmel, und William und der andere Junge blickten einander mit ernsten Mienen an. Dann verständigten sie sich ohne Worte. Ganz langsam, um sein Gegenüber, das nicht älter war als er selbst, nicht zu erschrecken und zu einem tödlichen Fehler zu provozieren, hob der Junge den Arm und wies in die richtige Richtung, zu Williams Kampflinie hinüber. Und William senkte sein Bajonett.

Will kehrte wohlbehalten zurück. In jener Nacht, so sagt er, habe er laut zu Gott gebetet, auch der andere möge heil zurückgekehrt sein. »Ich fühlte keine Feindschaft«, schreibt er. »Weshalb auch? Hätte ich ohne die zischend verglühende Leuchtkugel je erfahren, daß seine Uniform dort, wo sie nicht unter Schlamm und Blut verschwand, nicht khakifarben war, sondern das gefürchtete Feldgrau zeigte?«

So geht es mir auch mit Estelle. Sie reißt zwar

keine Blätter von Mums Pflanzen und brennt auch keine Schuppen nieder. Sie macht sogar die Türen leise auf. (Dafür knallt sie sie zu.) Sie sagt nicht ›Hm?‹, und niemand käme auf die Idee, sie eine Geisteskranke zu nennen. (Niemand würde es wagen.) Sie nervt nicht auf genau die gleiche Art wie ich, sie hat ihren eigenen Stil. Aber das macht sie nicht zu meiner Feindin. Und manchmal denke ich sogar, sie liegt ganz richtig. Der Krach beim Abendbrot zum Beispiel. War's denn so schlimm, was sie gesagt hat? War's denn so falsch? Wir sehen doch alle fern. Wir sehen die Nachrichten. Wir wissen doch Bescheid über die Kinder, die sie Muffy schildert. Wir alle haben schon gesehen, wie sie mit großen Augen durch den Maschendrahtzaun ihrer Lager schauen und wie sie auf ihren Matten dahinsterben. Vielleicht hat Estelle recht, und wir sollten wirklich nicht Tag für Tag Auflauf in uns hineinstopfen und diese Kinder mit keinem Wort auch nur erwähnen, weil es »sich nicht gehört«.

Aber manchmal denke ich auch, sie hat nicht recht. Sie hat da etwas mißverstanden. Es ist nicht so, daß Mum und Dad sich schreckliche Dinge nicht zu Herzen nehmen würden, das weiß ich genau. Oft genug, wenn Dad sich vorbeugt, um auf ein anderes Programm umzuschalten, habe ich

Mum sagen hören: »Ach nein, George. Nicht die Nachrichten. Heut' abend bitte nicht. Das halt' ich nicht aus.« Das hat mit Gleichgültigkeit nichts zu tun. Es wird ihr einfach zuviel.

Und was für einen Sinn hat es, permanent über schreckliche Dinge zu lamentieren, wenn man sie doch nicht ändern kann? Mum ist nicht die einzige auf der Welt, die solche Dinge gern ausblenden möchte. Letzte Woche, als Estelle und ich ein paar Möbel in Grannys Schlafzimmer umstellen sollten, fanden wir unten im Schrank einen alten Kleiderkarton voll Fotos. Estelle pickte eines heraus, auf dem fünf feine Damen zu sehen waren, auf einer Bank am Strand, herausgeputzt, als wollten sie zur Kirche gehen. Vor ihnen grub ein Kind in Muffys Alter mit einer kleinen Schaufel im Sand. Ob es ein Junge war oder ein Mädchen, konnten wir nicht erkennen.

»Wer ist das?«

Granny sah sich das Bild an.

»Das ist meine Mutter.«

»Deine Mutter?«

Granny warf Estelle einen warnenden Blick zu.

»Leute in meinem Alter kommen auch nicht aus Konservendosen«, sagte sie scharf.

»Und wer sind die Frauen alle?«

»Meine Großmutter und ihre vier Schwestern.«

Sie zeigte der Reihe nach auf sie. »Grandma Rose, Elsie, Greta, Matty und Daisy.«

Estelle wühlte in dem Karton. Ein paar Schichten tiefer fand sie fast das gleiche Bild noch einmal. Man sah darauf dieselbe lange Reihe weißer Strandhotels, dieselben hohen altmodischen Straßenlaternen, die ihre Arme über die Promenade schwangen. Diesmal aber war das Kind am Strand schon so groß, daß es eine Sandburg gebaut hatte, mit einem breiten, schäumenden Burggraben und vier prachtvollen Türmen.

Und diesmal waren die Schwestern alle schwarz gekleidet.

»Alle waren damals in Trauer«, erklärte Granny. »Der Krieg war so furchtbar!« Sie strich über das Foto, und eine Erinnerung stieg in ihr auf. »Wißt ihr, einmal hat meine Mutter mir erzählt, wie sie in ihren ersten Ferien nach dem Krieg zum Strand hinunterrannte und sich wunderte, daß das Meer so anders klang. Sie fragte ihre Mutter: ›Wo ist denn das Geräusch geblieben?‹ Und Rose warf ihren Schwestern einen Blick zu. ›Welches Geräusch denn, Liebes?‹ fragte Tante Matty. ›Klingen die Wellen nicht wie immer?‹ ›Die Wellen schon‹, beharrte Mutter. ›Aber wo ist das Geräusch geblieben, von dem du gesagt hast, es sind die riesigen Steine, die auf dem Meeresboden hin und her rollen und aneinanderstoßen?‹ Die Tanten sahen eine nach der anderen verlegen weg und gaben keine Antwort. Und da erst wurde Mutter klar, was sie in all den endlosen Sommern am Strand gehört hatte: das Donnern der Geschütze in Frankreich.«

Mir wurde ganz übel. Granny gab mir das Foto, damit ich es in den Karton zurücklegte, und ich konnte nicht einmal mehr einen Blick darauf werfen, jetzt, wo ich wußte, daß diese Tanten einen langen Sommer nach dem anderen dort nebeneinandergesessen und den Kanonen gelauscht hatten, die ihre Männer, ihre Brüder und Onkel töteten, und daß sie vor den Kindern nichts gesagt hatten.

»War ihnen das denn ganz egal?« fragte Estelle.

»Natürlich nicht«, erwiderte Granny. »Leute mit Selbstdisziplin haben deswegen nicht weniger Gefühle. Sie empfanden das gleiche wie jeder andere, wenn sie ihre schwarzumrandeten Telegramme bekamen.«

»Aber daß sie nichts gesagt haben!«

Granny zuckte die Schultern.

»Man bewahrt eben Haltung.«

Estelle wurde wütend.

»Das ist doch Wahnsinn!« schrie sie. »Die müssen doch verrückt gewesen sein! Haben sie denn nicht gemerkt, wie sinnlos das war? Haben sie nicht kapiert, daß gerade durch diese Selbstdisziplin dieser entsetzliche Krieg jahrelang weitergehen konnte?«

Granny ließ sich auf keine Diskussionen ein, und ich auch nicht. Vielleicht hat Estelle ja recht, und man sollte öfter den Mund aufmachen. In William Safferys Buch gibt es eine Stelle, wo er sich, in einem Graben zurückgelehnt, eine Pause gönnt und sich ausmalt, was er sagen würde, wenn er Gelegenheit hätte, die Hohen Tiere über das Schlachtfeld zu führen. Er würde ihnen sagen, was er von ihrem »Krieg, der alle Kriege überflüssig machen« sollte, hielt. Seine Worte versengen das Papier der Seite, und hinter seinem beißenden Sarkasmus, seinem bitteren Humor höre ich Estelles scharfe Töne. Er ist zwar wahrscheinlich in hohem Alter gestorben, noch bevor sie geboren wurde, und sie hat sein Buch nicht gelesen, aber die beiden haben eine Menge gemeinsam. Keiner von ihnen würde den Krieg in Frankreich einfach totschweigen, nur damit ein Kind ungestört seine Sommerferien am Meer verbringen kann. Manchmal, spät abends, wird mir ganz anders. Ich lege das Buch beiseite, liege im Dunkeln und denke über das, was ich gelesen habe, nach, und dann taucht ein Bild vor mir auf. Ich sehe den schmächtigen jungen Körper in seiner Uniform, ich sehe das zerzauste Haar. Aber er hat Estelles Gesicht, obwohl es ein Jungengesicht ist. Und wenn mir seine vernichtenden Beschreibungen all der Schrecken, die er ringsum sieht, in den Ohren klingen, dann ist es Estelles Stimme, die ich höre. Das wundert mich auch gar nicht. Manches, was die beiden sagen, klingt ganz ähnlich. Nur daß er weiter im Krieg war, Monat für Monat. Zwar brachte er seine Zweifel heimlich zu Papier, wenn er konnte, aber er schoß weiter auf andere Jungen, die nicht viel älter waren als er selbst. Estelle hätte das nie getan. Sie hätte ihr Gewehr fortgeworfen und sich geweigert, bei einer Sache mitzumachen, an der sie so viele Zweifel hat. Wer von beiden ist tapferer? Wer nimmt sich die Dinge mehr zu Herzen?

Ich bin eher wie William, das weiß ich. Ich würde nicht aufgeben. Ob man wegen etwas Krach schlägt oder nicht, hängt im Grunde nur davon ab, was für ein Mensch man ist oder wie man erzogen ist. Es sagt nichts darüber, was man fühlt. Es ist bestimmt nur Zufall – genauso wie die Farbe der Uniform, die man verpaßt bekommt, wenn man ungefähr in meinem Alter ist und der Krieg ausbricht, oder die Farbe der Tinte, die man an dem Tag, an dem man anfängt, ein Buch über seine Schwester zu schreiben, gerade im Füller hat.

Ich werde mir also wegen Miss Adulewebes Fluch nicht mehr den Kopf zerbrechen. Nicht alles stimmt, was Lehrer sagen. Wenn ich dieses Buch lieber von meinen Gefühlen freihalte, dann ist das meine Sache. Es könnte trotzdem ein gutes Buch werden. William Scott Saffery hat sich auch nicht unentwegt darüber verbreitet, was er in der ganzen Zeit gefühlt hat. Er hat nur aufgeschrieben, was er sah – so einfach war das. Er wollte Auge und Ohr des Krieges sein und schrieb die Dinge unbeirrt nieder, jeden einzelnen Greuel, genau so, wie er geschah.

Der ideale Kriegsreporter.

Und der werde ich auch sein.

4

Freitag, 29. September, 7.52 Uhr. *Angriff im Morgengrauen!*

Dad spürte als erster, daß Gefahr im Verzug war. Ich war wie immer schon auf und fertig angezogen, stand am Fußende ihres Bettes und durchwühlte diverse Taschen nach Essensgeld. Von Mum war nichts zu sehen. Sie war ganz unter der Decke verschwunden. Dads Kopf lag mit geschlossenen Augen auf dem Kissen. Ich dachte, er klammere sich noch an die letzten Schlaffetzen, doch plötzlich klappte er die Lider auf. Ich erstarrte. Einen Moment lang glaubte ich, er wolle losschimpfen. Hatte ich, ohne es zu merken, ein Geranienblatt abgerissen? War ich ins Zimmer gestürmt wie jemand, den Frankenstein nachts zum Leben erweckt? Doch nein. Er schaute mich nicht an. Er starrte zur Decke empor. Und als er sprach, tat er es kurz und knapp wie ein kampferprobter Offizier, ein Mann, der Männer führt: »Es ist zu ruhig hier. Das gefällt mir nicht.«

Mum regte sich nicht.

Dad redete in gedämpftem, dringlichem Flüsterton weiter, obwohl Mum unter ihrem Daunenhügel offensichtlich kein Wort verstand.

»So war es schon mal, Flowers, weißt du noch? Stille wie sonntags morgens. Nichts zu hören da draußen. Nichts. Kein Gemaule über unauffindbare Schulbücher, kein Zank um die letzten paar Pennies fürs Essen, kein Gestöhne, weil andere ewig das Bad blockieren. Und plötzlich – erinnerst du dich? Auf einmal brach die Hölle los! Und alles, was gerade greifbar war, wurde uns an den Kopf geschleudert!« Er warf sich unter die Decke. *»Angriff im Morgengrauen!«*

Die Tür sprang auf. Aber es war nur Muffy. In ihrem kleinen gelben Zwergenanzug kam sie hereingetappt, blieb neben dem Bett stehen und blickte auf die beiden Deckenberge hinab. Dann bohrte sie auf Dads Seite den Finger in die Daunen.

»Stelly geht nicht«, sagte sie zu ihnen.

Ein Teil der Decke zuckte. Eine erstickte Stimme drang unter einer besonders markanten Wölbung hervor.

»Wohin geht sie nicht?«

»Schule.«

»Ah...«

Weiter erfolgte keine Reaktion. Muffy wartete

noch eine Weile und beobachtete das Bett, um zu sehen, ob nicht eines der beiden Gebilde zum Leben erwachte. Als sich aber nach mehreren Minuten noch immer nichts getan hatte, machte sie kehrt und tappte zur Tür zurück.

Kaum hatte sich die Tür mit einem Klicken hinter ihr geschlossen, flog die Decke zu Boden, und Brigadier Flowers fuhr in seinen Kriegserinnerungen fort.

»Natürlich hatten wir so einen Angriff schon einmal erlebt. Wir nannten ihn ›Die Todesfee‹, weil er von nirgendwoher zu kommen schien, ohne Vorwarnung, als unheilverkündendes Omen nahen Verderbens –«

Mum schob auf ihrer Seite die Decke zurück.

»Stehst *du* auf, George? Oder muß ich hinunter und mir erst einen nach dem anderen vorknöpfen, bevor ich mich zur Arbeit fertigmache?«

Dad sah ganz entsetzt drein.

»Nein, nein«, sagte er. »Du bleibst hier. Das ist wesentlich sicherer!«

Er schwang die Beine über den Bettrand und griff nach seinem Morgenrock. Mum ließ sich in die Kissen zurückfallen, und Dad wandte sich mir zu.

»Okay, Junge«, sagte er und überreichte mir das Teetablett vom Abend zuvor. »Du gibst mir Rükkendeckung. Ich geh' jetzt zu deiner Schwester hinunter. Ich brauche Feuerschutz.«

»Kann ich Essensgeld haben?«

Er schob mich zur Seite.

»Später, Junge, später. Siehst du nicht, daß wir Krieg haben?«

»Mu-um?«

Sie zog sich die Decke über den Kopf und stöhnte.

Ich folgte Dad aus dem Zimmer.

»Gestern mußte ich ein Mixed-Pickles-Sandwich essen«, sagte ich zu ihm, »und vorgestern Crackers mit Minzsoße. Ich brauch' Essensgeld, Dad. Ich will was Anständiges essen.«

»Pssst, Junge, leise!«

Er schlich das Geländer entlang. Vor der Badezimmertür angekommen, machte er halt und hämmerte dagegen.

»Ein bißchen Tempo, da drin!« rief er. »Andere wollen auch rein!«

Genau in diesem Moment kam Muffy angetrottet, schaute ihn an, als wäre er nicht ganz bei Trost, schob die Tür auf und ging hinein. Das Bad war leer.

Dad schlich weiter, die Treppe hinab. Er stützte sich mit seinem ganzen Gewicht auf das Geländer, damit die Stufen nicht so verräterisch knarrten.

»Da-ad...«

Er hörte nicht zu. Vor der Küchentür hielt er an, um sich zu wappnen. Dann riß er die Tür auf. Am Tisch lümmelte Estelle, noch in Morgenrock und Pantoffeln. Ihr Haar glich einem Rattennest. Neben ihr stand eine Tasse in einer kleinen Kaffeepfütze, die ihr Ärmel nach und nach aufsog. Sie kümmerte sich nicht darum. Sie lackierte sich mit trägen Bewegungen die Fingernägel grün und las dabei in einer Popzeitschrift, die sie schräg gegen eine Milchtüte gelehnt hatte. Das Umschlagfoto zeigte den Leadsänger der Black Plague Rats, wie er gitarreschwingend aus einem Gully emporsprang.

»Morgen, Estelle«, sagte Dad.

Sie hob den Kopf und sah ihn finster an.

»Ich geh' nicht«, verkündete sie. »Ich hab' Muffy doch gesagt, sie soll's euch sagen. Ich geh' nicht in die Schule.«

Dad nahm mir das Tablett ab und stellte es auf die Spüle. Rasch füllte er den Wasserkochtopf, steckte den Stecker in die Dose und schob die schmutzigen Tassen vom Tablett.

»Du mußt in die Schule, Schatz«, sagte er zu ihr. »Das ist nun mal Gesetz.«

»Dann ist das Gesetz blöd«, sagte Estelle.

Dad langte nach der Teebüchse.

»Und du auch, Schatz, wenn du nicht hingehst.«

Ich grinste. (Ich konnte es mir nicht verkneifen.) Da drehte Estelle sich um und erwischte mich dabei. Sie schoß mir einen so bitterbösen Blick zu, daß Dad ganz blaß wurde, als er flüchtig in ihre Richtung sah. Und dabei hatte er nur das allerletzte Ende davon mitbekommen.

»Noch Kaffee?« fragte er sie, so heiter er konnte.

Sie lief rot an vor Zorn.

»Nein.«

Dads heiterer Tonfall nahm eine leicht stählerne Färbung an.

»Nein, was, Estelle?«

»Nein, *danke*«, sagte sie giftsprühend.

»Schon besser, Schatz.« Er wandte sich wieder dem Wassertopf zu. »Und jetzt sag, was los ist«, sagte er, und nur, weil ich gerade hinter ihn getreten war, um die Cornflakes-Packung aus dem Eckschrank zu nehmen, hörte ich, wie er leise vor sich hin murmelte: »Du gräßliche, muffige alte Ziege.«

Estelle mußte etwas gehört haben.

»Was hast du gesagt?«

Er traute sich nicht, es zu wiederholen.

»Ich hab' gesagt, sag Daddy, warum du heute keine Lust hast, in die Schule zu gehen.«

Estelle wollte ungeduldig ihr Haar zurückwerfen, mit einer dieser Filmstargebärden, die sie Flora abschaut, aber sie hatte es so lange nicht mehr anständig gebürstet, daß sich ihre Hand in dem Gewirr verhedderte.

»Ich hab' nicht einfach nur keine Lust. Ich geh' nicht hin. Es ist bloß Zeitverschwendung. Jahr und Jahre bin ich hingegangen, und jetzt geh' ich nicht mehr hin. Mir reicht's.«

Dad häufte Mums ›Crunchy Granola‹ in eine Schüssel auf dem Teetablett.

»Du mußt aber zur Schule gehen, Estelle«, sagte er. »Wegen der Bildung, verstehst du? Bildung. Genau das unterscheidet den Menschen –«

Er klopfte sich auf die geschwellte Brust. Dann schnappte er sich ihre Zeitschrift und zeigte auf den Leadsänger der Black Plague Rats.

»– vom Tier.«

Estelle schnappte sich die Zeitschrift zurück.

»Bildung! Bei uns in der Schule gibt's keine Bildung! Wir machen nie etwas Sinnvolles. Wir lernen überhaupt nichts. Kein Mensch hört zu. Nie tun wir etwas Interessantes. Und wenn, dann machen Mark Hanley und Rick Sheens die ganze Zeit Quatsch und vermasseln alles. Also geh' ich nicht hin. Es ist nichts als eine gigantische Zeitverschwendung.«

Ich fand, da war was dran. Dad fand das aber nicht.

»Es kann doch nicht alles nur Zeitverschwendung sein, Estelle. *Irgendwas* mußt du doch in all den Jahren gelernt haben. Du kannst doch immerhin lesen, oder nicht?«

Estelle wandte sich wieder ihren Nägeln zu.

»Mum sagt, *sie* hat mir das Lesen beigebracht. Das hab' ich nicht in der Schule gelernt. Sie sagt, wenn es nach Miss Philomena gegangen wäre, dann würde ich heute noch mit nicht-sexistischen, nicht-rassistischen, nicht-marxistischen Texten vor der Nase dasitzen und kein Wort entziffern können. Mum sagt, sie mußte nur bei Granny vorbeischauen und alle ihre alten ›Fünf-Freunde‹-Bücher ausgraben, und nach einer Woche konnte ich lesen.«

Dad gab sich alle Mühe, so zu tun, als hätte er das nicht gehört.

»Und schreiben kannst du auch.«

Estelle war empört.

»Das wird ja immer besser! So eine Unverschämtheit! Du meckerst doch die ganze Zeit an meiner Schreibe herum!«

Dad machte den Fehler, in Panik zu geraten.

»Und du *weißt* doch auch viel! Du weißt, wo Frankreich und Rußland liegen – das heißt, nein.

Du weißt es nicht, oder? Erst gestern hatten wir's davon...«

Estelle setzte zum Todesstoß an.

»Siehst du? *Siehst* du? Du weißt doch selber, daß es sinnlos ist! Du und Mum, ihr redet doch seit Jahren von nichts anderem als davon, wie sinnlos es ist.« Sie schnippte die giftgrünen Nägel der einen Hand gegen die Nägel der anderen und ahmte Mum und Dad bei einem ihrer fünf Millionen wöchentlichen Gespräche über die desolaten Verhältnisse an der Wallace Secondary School nach. »›Was macht sie da nur den ganzen Tag, das möcht' ich doch mal wissen.‹ ›Sie scheint ja wirklich rein gar nichts zu lernen.‹ ›Genau. Stell dir vor, heute habe ich festgestellt, daß sie nicht die leiseste Ahnung hat, wo Rußland liegt. Rußland!‹ ›Das überrascht mich nicht im geringsten. Ich hab' nicht den Eindruck, daß man ihnen dort irgend etwas beibringt. Ich glaub', sie schauen sich noch nicht mal ihre Hausaufgaben an.‹ ›Korrigieren tun sie sie jedenfalls nicht!‹«

Es war eine ziemlich gute Imitation. Dad sah peinlich berührt drein, und Estelle setzte noch kräftig eins drauf, als sie die Nagellackflasche nahm und der Tür zustrebte.

»Beides könnt ihr nun mal nicht haben, du und Mum. Seit ich in dieser Schule bin, redet ihr davon, was für eine Zeitverschwendung es ist und wie wenig ich lerne. Und jetzt bin ich mal ganz eurer Meinung! Und trotzdem wollt ihr mich zur Tür hinaus befördern! So was von Heuchelei!«

Wieder fand ich, da war was dran. Dad fand das aber nicht.

»Heuchelei hin oder her, auf jeden Fall gehst du zur Schule.«

»Nein.«

»Doch.«

»Nein, ich geh' *nicht!*« PENG!

Dad ließ sich durch feindliches Feuer nicht aus der Fassung bringen. Ruhig goß er frischen Tee in die Tassen, nahm das Tablett, schritt zur Tür und blieb so lange davor stehen, bis ich auf die Idee kam, die Hand auszustrecken und sie zu öffnen. Dann ging er hinaus. Da ich noch immer dringend Essensgeld benötigte, nahm ich meine Cornflakes-Schüssel und folgte ihm die Treppe hinauf. Als er sich dem Badezimmer näherte, verlagerte er das Gewicht des Tabletts auf die eine Hand und klopfte mit der anderen an die Tür.

»Ein bißchen Tempo da drin, bitte!« rief er. »Andere wollen auch rein!«

Die Tür ging auf. Mums Hand langte heraus, nahm eine Tasse von dem vorüberschwebenden Tablett und verschwand wieder. Ich trottete ihr nach wie jemand, der dem Heiligen Gral folgt, und setzte mich mit meinen Cornflakes auf den Rand der Badewanne.

»Mum ...«

Sie hörte nicht zu. Sie war in Gedanken bei jemand anderem. Zwischen Lippenstift und Wimperntusche rief sie: »Wie geht's, George?«

Er erschien in der Tür.

»Es geht nicht. Das heißt, sie geht nicht. Sie sagt, Schule sei nichts als eine gigantische Zeitverschwendung.«

Mum bedachte sich im Spiegel mit einem leichten Na-ja-das-kennt-man-ja-Achselzucken.

»Da hat sie recht.«

»Und sie sagt, sie lernt überhaupt nichts.«

»Nicht mehr jedenfalls«, pflichtete Mum bei.

»Und wenn sie etwas Interessantes tun, was nicht sehr oft der Fall ist, dann machen Mark Hanley und Rick Sheens dauernd Quatsch und vermasseln alles.«

»Stimmt.« Mum nickte. Das hatte sie oft genug gehört.

»Sie geht nicht hin.«

Mum bekam einen Anfall.

»Und ob sie hingeht! Auf keinen Fall bleibt sie den ganzen Tag zu Hause. Da werd' ich ja verrückt!«

»Du bist doch bei der Arbeit.«

»Dann würdest eben du verrückt.«

»Aber ich bin auch bei der Arbeit.«

Mum schlüpfte hastig in ihre Jacke und knöpfte sie zu.

»Dann ist der Fall doch sowieso klar, oder nicht?« sagte sie entschlossen. »Sie kann auf keinen Fall den ganzen Tag allein zu Hause bleiben.« Sie drehte sich um und strebte dem Geländer zu. »Estelle! Du ziehst dich jetzt –«

Weiter kam sie nicht. Dad sprang sie von hinten an, stülpte ihr die Hand über den Mund und zog sie vom Geländer weg.

»Pssst!« zischte er. »Hör auf, sonst eröffnet sie wieder das Feuer! Warte einen Moment, bis wir uns neu formiert haben. Neu bewaffnet. Angezogen.«

Die Hand noch immer auf ihrem Mund, zog er sie mit sich ins Schlafzimmer.

Ich folgte ihnen.

»Mein Essensgeld –«

Keiner von beiden hörte zu. Er wühlte in Schubladen und Schränken und warf sich, so schnell er konnte, in seine Kleider. Sie inspizierte die Papiere in ihrer Aktentasche. Dann sah sie auf und nahm mich zum ersten Mal seit 7.52 Uhr wahr. (Es war jetzt 8.07 Uhr.)

»Du sollst doch nicht mit dem Essen im Haus herumlaufen! Geh sofort hinunter und iß deine Cornflakes in der Küche zu Ende.«

Ich widersprach nicht. Da ohnehin klar war, daß ich kein anständiges Mittagessen bekommen würde, dachte ich, es wäre das beste, gleich noch einmal zu frühstücken.

Muffy saß angezogen am Tisch und löffelte Frühstücksflocken aus ihrem Häschennapf. Ich setzte mich auf den Stuhl neben ihr und schüttete mir die nächste Ladung Cornflakes in meine Schüssel. Sie schob mir die Milch herüber, und wir aßen in einträchtigem Schweigen, bis sie ihren Napf für den letzten Löffel Milch schräg hielt und die drei Häschen zum Vorschein kamen, die ihr ziemlich risikoreiches Porzellanleben damit zubrachten, auf dem Grund des Napfes umherzuhüpfen.

Ihr Anblick erinnerte mich daran, daß ich einmal ein Schluchzen aus unserem Kaninchenstall hörte, und als ich hineinschaute, entdeckte ich Muffy, die unter das Maschendrahtdach gezwängt dasaß, den armen Thumper an sich preßte, daß ihm die Augen aus dem Kopf quollen, und geräuschvoll in sein Fell weinte.

»Was ist denn hier los?« fragte ich.

Sie antwortete nicht. Sie wischte sich nur die

triefende Nase an Thumper ab und sah mit schwimmenden Augen zu mir auf.

»Komm, Muffy«, sagte ich, »wie soll ich dir helfen, wenn du mir nicht sagst, was du hast?«

Es war wegen Thumper, soviel war klar.

»Stelly!« sagte sie.

Ich half ihr ein bißchen auf die Sprünge.

»Hat Stelly Thumper was getan?«

Sie schüttelte den Kopf und preßte das Tier noch fester an sich. Rasch fragte ich weiter: »Hat sie irgend etwas gesagt?«

Muffy nickte. Ihr Haarschopf geriet in heftige Bewegung.

»Sag Wörter, Muffy«, forderte ich sie ungeduldig auf. »Was hat sie gesagt?«

»Sie hat gesagt, sie will ihn braten!« schluchzte Muffy.

Um Himmels willen! Das mußte ich wieder geradebiegen. Ich trocknete ihr die Tränen, entwand den armen Thumper wohlbehalten ihrem Griff und setzte ihn in sein Stroh.

Aus reiner Neugier fragte ich Muffy: »Sag mal, Muffy, kannst du dich noch erinnern, wie es früher war?«

Sie antwortete nicht, aber ich wußte, daß sie genau zuhörte.

»Also, ich meine«, sagte ich, meine Worte sorgfältig wählend, »ich meine, ob du dich noch erinnern kannst, wie es bei uns war, bevor Estelle so komisch wurde?«

Sie warf mir einen Blick zu. Es war ein unergründlicher Blick, aber da sie ihren Wörtervorrat für diesen Tag bereits aufgebraucht hatte, um mich über Estelles kulinarische Drohungen ins Bild zu setzen, drang ich nicht weiter in sie, sondern fuhr einfach fort: »Vielleicht erinnerst du dich: Alles war ganz anders. Wir standen morgens auf, lebten friedlich unser Leben und gingen wieder ins Bett. Da gab's noch nicht diese ganze –« Ich zögerte. »Diese ganze –«

Mir fiel kein Wort dafür ein. William Scott Saffery hatte einmal das gleiche Problem, als die Sonne plötzlich hinter einer Wolke hervorbrach, in seinem stählernen Gewehrlauf aufblitzte und ihn einen Moment lang blendete, so daß er die Hölle ringsum in einem neuen Licht sah und sich fragte, welche Kraft so viele Millionen Menschen darin wetteifern ließ, die Welt in ein solches Chaos zu verwandeln. Was war das Wort dafür? Wie hieß es?

Ich weiß das Wort auch nicht. Aber wie die Tanten auf Grannys Foto finde ich, ein Kind in Muffys Alter sollte einen friedlichen Sommer an einem Strand verbringen dürfen, und wie Mum will ich nicht, daß Muffy ohne jede Erinnerung an ein friedliches Frühstück aufwächst. Und deshalb: »Überleg mal, wie's war. Estelle saß immer hier neben dir am Tisch, und ich saß gegenüber. Und jeden Morgen ging es darum, wer am schnellsten aufgegessen hatte, ohne daß er ausgeschimpft wurde, weil er das Essen so hinunterschlang.«

Sie lächelte, und ich wußte, daß sie sich erinnerte. Aber sie sagte nichts. Und irgendwie war mir so wehmütig zumute, daß ich alles verdarb, als ich bitter hinzufügte: »Und was ist jetzt? Estelle frühstückt überhaupt nicht mehr, wenn nicht jemand danebensteht und aufpaßt. Auf diesem Platz sitze ich jetzt, und wir beide veranstalten auch keine Wettessen mehr, weil es ohne Stelly keinen richtigen Spaß macht.«

Falsch!

»Nenn mich nicht Stelly!«

Sie war so leise hereingeschlüpft, daß wir sie nicht gehört hatten. Muffy griff nach ihrem Löffel und tat so, als sei sie ins Essen vertieft. Sie wußte, daß Estelle nicht sie angeblafft hatte. (Diese eine Seite in Estelles Buch der Regeln gilt für Muffy noch nicht.) Aber sie wird nervös, wenn Estelle schlecht gelaunt ist.

Ich versuchte, das Feuer auf mich zu lenken.

»Du bist ja immer noch nicht angezogen.«

»Ich geh' ja auch immer noch nicht.«

Muffy schaute ängstlich von einem zum anderen. Sie mag ja große Stücke auf Estelle halten, aber sie lebt hier, und sie kennt die Regeln. Man wird in die Schule geschickt, es sei denn, man liegt im Sterben.

»Sie wird aber müssen«, flüsterte ich Muffy zu, um sie zu beruhigen.

Estelle hat Elefantenohren.

»Nein, ich geh' nicht.« Sie kehrte uns den Rükken und goß kochendes Wasser in ihre Kaffeetasse. »Ich darf mir ja auch nicht die Ohrläppchen durchstechen lassen wie alle anderen. Wieso sollte ich dann zur Schule gehen wie alle anderen? Gerechtigkeit muß schließlich sein.«

Da war was dran, fand ich. Aber Muffy fand das nicht.

»Du mußt dich anziehen, Stelly«, warnte sie und sah so angstvoll drein, daß es einem das Herz brechen konnte. »Du mußt in die Schule.«

Mum kam herein und hörte gerade noch die letzten Worte. Ihre Art, Estelle zu sagen, was sie zu tun hatte, war vielleicht nicht so direkt, dafür aber sehr viel energischer.

»Du lieber Himmel! Weißt du, wieviel Uhr es ist? Viertel nach acht! Jetzt beeil dich und zieh dir was an, Estelle!«

Sie sagte wohlgemerkt nicht ›Zieh dich für die

Schule an‹. Mum ist wie der MG-Schütze am Rand von William Safferys Grabenlinie, der bald genau heraushatte, wie oft und wie stark er den Feind mit Maschinengewehrfeuer belegen konnte, ohne eine massive Feuererwiderung zu provozieren.

Auch Mum hatte das rechte Maß getroffen. Estelle brauste nicht auf. Sie murmelte nur finster irgend etwas in ihren Kaffee.

Mum forderte ihr Glück heraus.

»Wie war das, mein Schatz?«

»Ich hab' nichts anzuziehen!« schnappte Estelle.

Ich glaubte mich verhört zu haben. Nichts anzuziehen? Estelles Kleiderschrank platzt aus allen Nähten. Man kriegt die Tür gar nicht mehr zu! Und auf dem Boden in ihrem Zimmer stapeln sich die Kleider knietief! Sie hat jede Menge eigene Kleider, dazu die Hälfte von meinen und noch ein paar, die sie sich von Mum ausgeliehen hat. Dad findet nie seine Pullover, weil alle bei Estelle sind. In Sachen Kleider dürfte Muffy die einzige im Haus sein, die halbwegs sicher vor ihr ist. Ich saß mit offenem Mund am Tisch. Es war ein Schock. Nichts anzuziehen!

»Du mußt etwas haben, Schatz«, sagte Mum.

Estelle sah düster drein.

»Ich finde meine Kleider aber gräßlich. Alle. Sie

sind scheußlich und langweilig und blöd und aus der Mode, und ich hab' sie alle schon hunderttausendmal angehabt.«

»Dann kommt es ja auf einmal mehr nicht mehr an, nicht wahr? Geh nach oben und zieh dir was an.«

»In denen geh' ich nicht zur Schule«, warnte Estelle sie.

Aber jetzt reichte es Mum plötzlich. Sie sah auf die Uhr (8.21 Uhr).

»Geh nach oben und zieh dich an, Estelle! Bevor mir der Kragen platzt...«

Mit überschwappender Kaffeetasse stolzierte Estelle hinaus. Mum sank für einen Augenblick auf einen Stuhl, um sich für den nächsten Kampfeinsatz zu wappnen. Muffy begann sie zu tätscheln, und Mum begann Muffy zu tätscheln. Die beiden tätschelten einander noch immer, als Dad den Kopf durch die Tür streckte.

»Meisterhaft!« lobte er Mum. »Meisterhaft! Ein kluges Manöver, Bridget. Wenn Estelle erst einmal angezogen ist, ist die Schlacht praktisch gewonnen.«

»Ich hab' Kopfschmerzen«, sagte Mum.

»Unsinn«, versetzte Dad. »Das ist jetzt nicht der Moment, um schlappzumachen. Wir müssen die Einzelheiten für unseren Angriffsplan ausarbeiten. Sollen wir uns hinter der Tür verbarrikadieren, oder lassen wir sie wieder rein und riskieren den nächsten Krach?«

Ich dachte, ich versuche ein letztes Mal, ein Bein auf den Boden zu kriegen. (Schließlich wohne ich auch hier.)

»Sie braucht eine Ewigkeit zum Anziehen«, sagte ich. »In der Zwischenzeit könntet ihr doch nach Essensgeld für mich suchen.«

Sie hatten nur den ersten Teil gehört und sahen wie auf Kommando auf die Uhr.

»Fünf vor halb!« rief Mum. »Muffy wird jeden Moment abgeholt!«

Muffy rutschte von ihrem Stuhl und ging ihre Jacke holen. Sie findet es schrecklich, wenn sie nicht rechtzeitig fertig ist.

Mum stand lauschend am Fuß der Treppe.

»Ich hör' nichts«, sagte sie. »Es ist vollkommen still da oben.«

»Weil Estelle sich anzieht«, sagte ich. Mum sah mich vielsagend an, aber es hatte gar kein Witz sein sollen. Ich hatte es ernst gemeint. Manche Leute ziehen sich geräuschvoll an, andere nicht. Ich selbst bin ziemlich laut. Jedesmal wenn ich meine Sockenschublade aufziehe, fällt sie heraus und landet auf dem Boden. Die Schranktür muß man zuschmettern. Oft lasse ich auch meine Schuhe fallen oder knalle mit dem Kopf ans Bücherbord. Estelle ist viel leiser. Sie schwebt durch ihr Zimmer, zieht hundert Sachen an und wieder aus und läßt sie geräuschlos zu Boden gleiten.

»Wer geht und macht ihr Beine?« fragte Mum, ohne Namen zu nennen, sah dabei jedoch Brigadier Flowers direkt ins Gesicht.

Wie William Safferys letzter Kompanieführer war Dad nicht sehr erpicht darauf, sich ins Gefecht zu stürzen.

»Geh du doch.«

»Nein, geh du.«

»Du bist schließlich die Mutter.«

»Du bist schließlich der Vater.«

Da hatte Dad eine Eingebung.

»Muffy kann gehen.«

Aber Muffy hatte gerade ein Auto vorfahren sehen. Ihr Gesicht legte sich in sorgenvolle Falten.

»Muß in die Schule...«

Dad nahm ihre Plastik-Snoopy-Frühstücksbox und übergab sie ihr, als wäre sie ein getupftes Taschentuch an einem Stock und Muffy hätte soeben erklärt, sie wolle in die Welt hinausziehen.

»Ja, das ist meine Muffy!« sagte er voll Stolz. »Das ist mein Mädchen! Hast du gehört, was sie gesagt hat, Bridget? ›Muß in die Schule!‹ Das ist

Musik in meinen Ohren. Ich bin stolz auf dich, Muffy!«

Er gab ihr einen schallenden Kuß und brachte sie hinaus und bis zur Gartentür. (Das war nichts Besonderes; er ist noch nicht dazu gekommen, die Kindersicherung abzumontieren, also muß Muffy immer bis zur Gartentür gebracht werden.)

Mum vertat inzwischen die Zeit damit, auf die Uhr zu starren.

»Mein Gott!« sagte sie. »Schon fünf nach halb neun!«

Dad kam zurück, gestärkt durch ein paar Atemzüge frischer Luft und einen kleinen Plausch mit Mrs. Cuyugan, seiner Lieblings-Abholmutter.

»Auf, Bridget«, befahl er. »Zum letzten Gefecht!« Er legte ihr die Hände auf die Schultern und schob sie energisch zur Tür hinaus und zur Treppe. »Du gehst voran. Ich geb' dir Rückendekkung.«

»Wenn ihr da oben seid«, sagte ich, »könntet ihr euch vielleicht etwas Geld von Estelle leihen, damit ich mir was zum Essen kaufen kann?«

Aber sie hörten nicht zu. Sie waren damit beschäftigt, die Treppe hinaufzugehen. Ich sage, sie waren damit beschäftigt, weil Mum allmählich die Nerven verlor und sich ans Geländer klammerte und Dad ihr die ganze Zeit einen imaginären Gewehrlauf in den Rücken bohren mußte, damit sie sich von der Stelle bewegte.

Schließlich gab Mum sich einen Ruck.

»Estelle! Bist du fertig? Es ist Zeit, Schatz. Wenn du dich beeilst, kann Dad dich bis zur Tankstelle mitnehmen. Estelle? Estelle...?«

Keine Antwort. Mum rückte weiter gegen Estelles Tür vor, und Brigadier Flowers deckte ihr eifrig den Rücken.

Mum drückte mit der Fingerspitze gegen die Tür. Sie schwang auf. Zusammen spähten sie ins Zimmer. Ich brauchte nicht erst weiter hochzusteigen, um zu wissen, was sie sahen. Ich bin oft genug in Estelles Zimmer gewesen und hab' auf der Suche nach meinen Sachen das Chaos durchwühlt. Es ist ein einziger Saustall. Einmal hab' ich mir an einer Kondensmilchdose den großen Zeh aufgeschnitten, als ich mir zwischen Bergen von vergessenen Pullis und alten ausrangierten Strumpfhosen hindurch einen Weg zu meiner besten Jeansjacke bahnte. Muffys verschwundene Mundharmonika lag hier eine ganze Woche lang unter einem Haufen Unterhosen. Und Dad sagt, wenn Estelle sich noch ein einziges Mal ein Werkzeug von ihm ausleiht und es dann unter dem tropfenden Wasserhahn in ihrem Waschbecken liegenläßt, dann wird er höchstpersönlich seinen

Schraubenschlüssel auf den letzten Rest von Stroh in ihrem Teenagerschädel niedersausen und sich mit Freuden dafür hängen lassen. Was mich jedoch interessierte, war Mums Reaktion auf den Anblick. Normalerweise begibt sie sich gar nicht erst in die Nähe. Sie sagt, es regt sie zu sehr auf, und das hält sie nicht aus. Es macht ihr auch deshalb zu schaffen, weil sie noch Stunden später, jedesmal wenn sie Muffy anschaut, nur eines denken kann: »Vielleicht wird dieses Kind einmal genauso.«

Es war also vermutlich das erste Mal seit Tagen, daß sie überhaupt einen Blick in Estelles Zimmer warf. Ich trat näher, um besser zu sehen. Ihr Gesicht verdüsterte sich, und dann legte es sich, wie zuvor Muffys Gesicht, in Falten.

»O Gott, es ist entsetzlich, George. Entsetzlich!«

Er versuchte, ihren Kopf an seine Schulter zu ziehen, damit sie die Einzelheiten nicht sah. Wahrscheinlich hatte er Angst, sie könnte die Flecken an der Wand entdecken, wo Estelle in einem Wutanfall ihr lila *Paris-Chic*-Glitzerspray nach mir geworfen hatte, oder die grellen, steinharten Klumpen auf dem Frisiertisch, wo sie und Flora die tropfenden Nagellackpinsel hatten liegenlassen, als sie sich die Nägel bunt gestreift lackiert hatten.

»Mach die Augen zu«, befahl er ihr. »Schalt einfach ab.«

Sie schauderte in seinen Armen.

»Ich kann nicht«, sagte sie. »Ich muß dauernd daran denken, wie es früher war. Weißt du noch, George? Die süßen Häschengardinen, wie sie sich im Wind bauschten? Und die fröhlichen Poster an den Wänden und die Kuscheltiere im Bett? Und jeden Abend wurde alles, was am Boden lag, schön aufgeräumt.« Sie gab ein leises, gequältes Stöhnen von sich. »Und jetzt sieh dir das an!«

Er schob ein granithartes Kinn vor.

»Ein rauchender Trümmerhaufen...«, stimmte er zu.

Mum versuchte sich aus seinen Armen zu winden.

»Okay. Ich schau nicht mehr hin«, versicherte sie ihm.

»Genau. Das ist auch das beste.« Er rückte sein imaginäres Barett zurecht. »Eines Tages wird dieser absolut sinnlose Krieg vorüber sein. Und bis es soweit ist, laß uns einfach die Tür zumachen und uns auf Zehenspitzen davonschleichen...«

Sie kamen bis zum Geländer. Da drang aus Estelles Zimmer ein ohrenbetäubender Lärm. Es war seltsam. Es klang, als stürzten die Wände ein, eine nach der anderen, und obendrauf noch die

Decke. Vielleicht war es nur ein Regal, das aus seiner Verankerung riß, aber es klang viel schlimmer. Es klang wie eine Lawine.

Mum und Dad klammerten sich aneinander.

»Was war denn das?«

»Schnell, George!«

Dad stieß die Tür wieder auf.

Mum war außer sich.

»Was ist, George?«

Er zog den Kopf wieder zurück und zuckte die Schultern.

»Schwer zu sagen, Bridget. Es sieht genauso aus wie vorher. Wahrscheinlich einfach ein Erdrutsch. Da liegt soviel Zeug herum, daß man nichts erkennen kann. Es war sowieso schon ein Chaos...«

Mum bekam wieder mal einen Anfall. Manchmal kann man richtig sehen, wie in ihrem Kopf der Gedanke aufblitzt, daß das Haus schließlich zur Häfte ihr gehört und sie darin so verfahren wird, wie sie es für richtig hält. Sie marschierte zum Badezimmer, rüttelte wie besessen am Türgriff und hämmerte dann mit den Fäusten gegen die Tür.

»Estelle! *Estelle!* Es ist mir egal, ob du dir das Gesicht gewaschen hast und ob du dir die Zähne geputzt hast. Es ist mir sogar egal, was du anhast. Aber ich will, daß du in spätestens drei Sekunden aus dem Bad raus, auf dem Weg zur Schule und aus meinen Augen bist!«

Sie stemmte die Hände in die Seiten. Sie meinte es ernst.

»Eins!«

Drinnen wurde ein Wasserhahn zugedreht.

»Zwei!«

Der Türgriff drehte sich.

»Drei!«

Estelle rauschte heraus.

Nun bin ich ja selbst nicht gerade für besonders adrette Kleidung bekannt, und die Person, die ich an einem normalen Tag vermutlich am häufigsten anschaue, ist Chopper, der wie ein wandelnder Trödelladen herumläuft. Und doch versetzte mir Estelles Anblick einen leichten Schock. Sie schwebte in einem Pullunder aus der Tür, neonpink und übersät von Löchern, durch die quadratkilometerweise Haut zu sehen war. Ihr Rocksaum sah aus, als hätte ihn ein Rudel halbverhungerter Frettchen angenagt, und auf ihrem Kopf saß eine wollene Bommelmütze.

Mum geriet wieder in Harnisch.

»In diesem Aufzug kannst du nicht zur Schule!«

Süffisant grinsend trumpfte Estelle auf: »Da hab' ich nichts dagegen!«

Da überlegte Mum es sich schnell anders.

»Doch, du kannst. Geh ruhig so, wenn du willst, mir soll's egal sein. Was du in der Schule anhast, ist nicht mein Problem, es ist ihr Problem, also sollen sie sich damit herumschlagen.« Wild blickend setzte sie ihre Tirade fort, wie Granny, wenn sie sich über den Zustand der nachbarlichen Mülltonnen ereifert. »Lehrer werden ja schließlich dafür bezahlt, nicht wahr? Das ist nun mal ihr Job... und wenn dieser Mr. Scotbeg und Miss Sullivan nicht soviel Verstand haben, auf einer vernünftigen, anständigen Schuluniform zu bestehen... selber schuld... können von anderen vielbeschäftigten Leuten doch nicht erwarten –«

Sie brach beunruhigt ab.

»Was hast du denn da um die Augen?«

»Aubergine frost.«

»Aubergine frost!«

Ich dachte schon, sie würde wieder explodieren, aber sie erschauerte nur und scheuchte Estelle in Richtung Treppe. Ich trottete hinterher, weil ich dachte, irgendwann würde sich vielleicht eine Gelegenheit bieten, Mum zu unterbrechen und Estelle zu fragen, ob sie noch etwas von ihrem Taschengeld übrig hatte, das sie mir fürs Mittagessen leihen konnte. Aber Mum moserte immer weiter, auch als sie bereits an der Küchentür angelangt waren.

»Ich kümmer' mich nicht mehr darum... mein Bestes getan... Wenn es den Schulgewaltigen egal ist und sie euch Mädchen wie die Hafenflittchen durch die Korridore laufen lassen...«

Dad unterbrach Mums Wortschwall, indem er ihr die Hände auf die Schultern legte und sie zur Uhr herumdrehte.

8.47 Uhr.

»O Gott!«

Mum riß sich zusammen.

»Also, gut. Hast du alles, Estelle? Mantel? Handschuhe? Essensgeld?«

Ich versuchte es. Ich versuchte es wirklich.

»Apropos Essensgeld...«

Aber es hörte niemand zu. Gemeinsam trieben Mum und Dad Estelle zur Tür. Sie leistete keinen Widerstand. Kaum war sie jedoch draußen auf den Stufen, drehte sie sich um und hielt eine kurze Rede.

»Jetzt hört mal zu. Ihr könnt mich zwar zur Tür raus zwingen, und ihr könnt mich vielleicht auch in die Schule zwingen bei dem Regen. Aber ihr könnt mich nicht zwingen, mir irgend etwas anzuhören, was die Lehrer sagen. Und ihr könnt mich nicht zwingen, irgend etwas zu lernen.«

Dad wittert Morgenluft sehr schnell.

»Okay!« rief er. »Abgemacht!«

Und bevor sie ihre Hand wegziehen konnte, hatte er sie schon geschüttelt, um den Pakt zu besiegeln.

Sie warf ihm einen ihrer vernichtenden Blicke zu, den er jedoch ignorierte.

»Gut«, sagte er vergnügt. »Ab mit dir. Paß auf, wenn du über die Hauptstraße gehst. Sieh zu, daß du nicht zu spät kommst. Viel Spaß!«

Dann schloß er sachte die Tür hinter ihr und lehnte die Stirn dagegen. Bum, bum, bum, bum, bum. Er schlug den Kopf gegen das Holz, während Mum am Küchentisch still auf einen Stuhl niedersank und ihren Kopf in den Armen vergrub.

Ich sah mir die beiden an. Sie waren am Boden zerstört.

Nach einer Weile riß Dad sich zusammen, hörte mit dem Kopfschlagen auf und sagte: »Okay, Bridget. Du bist die nächste.«

Mum schüttelte den vergrabenen Kopf.

»Unmöglich, George. Ich bin so fix und fertig, ich kann nicht zur Arbeit.«

»Unsinn, Bridget. Du mußt gehen.«

Sie hob den Kopf und starrte ihn an.

»Es hat keinen Zweck, George. Ich bin so erschöpft, daß ich zu nichts fähig wäre. Ich würde nicht mal hören, was meine Mandanten zu mir sagen. Es ist wirklich sinnlos. Ich bleib' daheim.«

Aber wer es fertigbringt, Estelle aus dem Haus und zur Schule zu expedieren, wenn sie keine Lust dazu hat, der schafft es um so spielender, Mum zur Arbeit zu schicken. Er zog sie einfach auf die Füße und steckte ihr die Arme in ihre Mantelärmel.

»Hast du alles?« fragte er. »Portemonnaie? Aktentasche? Schlüssel?«

Mum drehte sich zu ihm um. Es war die Szene mit Estelle in Neuauflage.

»Hör zu, George«, fauchte sie. »Du kannst mich zwar zur Tür raus zwingen, und du kannst mich vielleicht auch ins Büro zwingen, bei dem Regen. Aber du kannst mich nicht zwingen, an meinem Schreibtisch zu sitzen und irgend etwas Sinnvolles zu tun!«

Wie schon gesagt, Dad weiß sehr schnell, wann er das große Los gezogen hat.

»Prima! Abgemacht!« Er lotste sie zur Tür, die er mit einer Hand aufzog, und schob sie mit der anderen hinaus. »Tschüs, Bridget. Fahr vorsichtig. Paß auf an dieser scheußlichen Rechtskurve bei Budgens.«

Dann schloß er die Tür und lehnte zum zweiten Mal an diesem Morgen die Stirn gegen das Holz.

Bum, bum, bum, bum, bum.

Ich wollte ihm gerade wieder mit dem Thema Essensgeld zusetzen, aber da: *Klingelingeling!*

Er sprang zurück wie von der Tarantel gestochen.

Die Tür flog auf und traf Dad um ein Haar. Aber es war nicht Mum. Es war Estelle. Sie stand auf den Stufen – ein Racheengel mit Bommelmütze –, sah finster dräuend drein und griff sich ihre Schultasche.

Bevor sie ging, fixierte sie Dad mit ihrem bösen Blick.

»Eins ist dir doch hoffentlich klar«, sagte sie. »Ich hab' nur dieses eine Leben. Jawohl. Und es wird vermutlich nur noch wenige Jahre dauern, bis ich zu alt bin, um es zu genießen.«

»Moment mal!« protestierte Dad. »Ich selber bin schließlich einiges über vierzig und –«

Sie warf ihm einen Klapperschlangenblick zu, und er verstummte.

»Und ihr zwingt mich, mein kostbares Leben zu vergeuden!« sagte sie. »Zu verpfuschen! Meine Tage sinnlos zu vertun! Wieso soll ich Stunde für Stunde, Tag für Tag und Woche für Woche nutzlos in diesem stinkigen Klassenzimmer herumhocken, wenn ich genausogut draußen sein könnte und *leben!*«

Er stand wie ein begossener Pudel da, während sie sich wieder in Richtung Gartentür in Bewegung setzte und über die Schulter zurückrief:

»Und wenn ich überfahren werde, wird's dir noch leid tun. Hundeelend wirst du dich fühlen, wenn ich jung sterbe! Du wirst dir wünschen, du hättest mich leben lassen. Und deine Schuldgefühle werden dich ins Grab bringen!«

Ich war beeindruckt. Nicht nur, weil meine Schwester und Miss Adulewebe einander in nichts nachstehen, wenn es darum geht, jemanden mit einem deftigen Fluch zu belegen. Auch deshalb, weil ich in dem, was sie sagte, so viel von William Saffery wiederfand. Ich hätte genausogut dastehen und ihm in seinem Khaki zuhören können statt ihr in ihrem Neonpink. Eines Tages war er bei Tagesanbruch erschöpft aus einem Unterstand hervorgekrochen. Der Himmel war in rosenfingriges Gold getaucht. Kein Windhauch regte sich. Kein Vogelzwitschern weit und breit – seit Monaten, so schreibt er, habe es nichts gegeben, wo Vögel hätten singen können. Doch da entdeckte er zu seinen Füßen einen jungen Maulwurf. Er nahm ihn auf und spürte, wie sein kleines Herz schlug, und in diesem Augenblick, sagt er, habe er um den Wert des Lebens gewußt und darum, daß jeder neue Tag ein Geschenk sei. Von da an sei jeder lichte Moment für ihn wie ein kostbarer Schatz gewesen.

Dads Stimme brach in meine Gedanken ein.

Einen Augenblick war es, als hätte er sie gelesen, denn er sagte: »Tja, so ist das im Krieg.«

Aber er spielte nur Brigadier Flowers.

Ich nahm meine Schultasche vom Boden.

»Dad, ich brauch' Essensgeld.«

Er nahm seine Jacke. »Komm mit«, sagte er. »Wir schauen im Wagen nach, da fliegen immer irgendwelche Münzen rum. Ich kann dich auch gleich mitnehmen.«

Er trat zurück, um mich hinauszulassen. Im Vorbeigehen sah ich zum letztenmal auf die Uhr. Der ideale Kriegsreporter, der alles richtig machen will.

9.07 Uhr. ZU SPÄT.

5

Manchmal glaube ich, irgendein Zauber macht Estelle unverwundbar. Ich schleiche durch die Hintertür hinein, und schon hat mich Miss Sullivan in ihren Fängen. (»Zu spät! Zu spät! Wann schaffst du's endlich, morgens auf die Uhr zu schauen, Will Flowers?«) Estelle spaziert durch den Haupteingang hinein, und es fehlt nur noch, daß Scotty ihr die Tasche bis zu ihrem Klassenzimmer trägt. Ich hörte die beiden zufällig im Korridor. »... etwas problematischer Zeitpunkt...«, sagte Estelle. Ich dachte erst, sie versuche sich geschickt aus der Affäre zu ziehen, aber als mir an der nächsten Ecke Chopper über den Weg lief, sagte er genau das gleiche.

»Etwas problematischer Zeitpunkt...«

»Was?«

Er zeigte auf einen Anschlag am Schwarzen Brett, der alle Achtkläßler daran erinnerte, daß ihre Eltern um neunzehn Uhr dreißig zu einem Elternabend in der Aula erwartet wurden.

»Blöde Zeit, die sie sich da ausgesucht haben«,

sagte er. »Da läuft die letzte Folge von *Die schwarze Viper.*«

»Du bist ja auch nicht eingeladen«, erinnerte ich ihn. »Erstens bist du kein Achtkläßler mehr, und zweitens bist du kein Elternteil.«

Choppers Augen begannen zu funkeln.

»Aber es ist die Große Geheimversammlung!«

»Im Ernst?« Ich rechnete zurück. Ja. Ich erinnerte mich zwar daran, als sei es gestern gewesen, aber es mußte doch schon ein Jahr her sein, auf den Monat genau.

»Tatsächlich!«

Chopper grinste.

»Das war doch super«, versuchte er mich zu ködern. »Einfach irre.«

Das war's auch. Chopper und ich waren zum Stühleaufstellen abkommandiert worden und sollten später, wenn die Putzfrauen weg waren, noch einmal in die Schule kommen. Chopper machte einen Wettkampf daraus, und ein paar Minuten nach sieben waren alle Stühle aufgestellt, aber die Schule war praktisch noch leer.

Ich schaute Chopper an. Chopper schaute mich an. Und dann schob er, während ich Schmiere stand, den glänzenden kleinen Messingriegel an der Tür zurück, die in den Raum unter der Bühne führt. Betreten verboten. Gefahrenzone. Monat für Monat hatten wir in der Aula gestanden, geistliche Lieder geschmettert und diesen Messingriegel beäugt. Eine solche Gelegenheit würden wir uns nicht entgehen lassen.

Chopper war hineingekrochen und hatte irgend etwas von Dreck an seiner Hose gebrummt. Ich krabbelte hinterher und zog die Tür hinter mir zu, für den Fall, daß ein Lehrer oder der Hausmeister im Vorübergehen einen Blick in den Saal warf und merkte, daß sie offenstand.

Chopper nieste zweimal heftig, aber allmählich gewöhnte sich seine Nase an die staubige Luft, und ich gewöhnte mich an die Dunkelheit.

»Schau mal, das ganze Zeug da!«

Es war unglaublich. Requisiten von allen Theateraufführungen seit Bestehen der Schule: Schwerter, Masken, Fächer, Wiegen, Pappfelsen, ein Dinosaurierschwanz, Schachteln voll Kronen, Bauchläden – sogar das Modell eines Schafotts in Originalgröße lag dort auf der Seite, komplett mit leichentuchbedecktem Opfer. Kostüme stapelten sich zu Bergen, überall lagen Bärte verstreut, und aus einem ramponierten alten Wäschekorb, in den ich einmal als einer von Ali Babas vierzig Räubern zwanzig qualvolle, unvergeßliche Minuten lang eingezwängt gewesen war, quollen Perücken.

»Hier sieht's aus wie bei deiner Schwester im Zimmer.«

Ich zog Kleopatras Plastikschlange aus der Teekanne des Hutmachers aus *Alice im Wunderland* und wedelte damit vor Choppers Gesicht herum.

»Weißt du noch, wie Marisa gekreischt hat?«

Im Schein der schrägen Lichtstreifen, die durch die Ritzen zwischen den Bühnenbrettern herabfielen, sah ich ihn freudig lächeln.

»Tolle Gefangenschaft, was!«

»Und nicht die letzte, wenn wir nicht machen, daß wir hier rauskommen.«

Es gibt, schreibt William Saffery, einen sechsten Sinn, der so lange verborgen bleibt, bis man ihn braucht. Ein Mann will die Hand nach dem langersehnten Brief von zu Hause ausstrecken, doch plötzlich wirft er sich statt dessen in den Schlamm. Die Granate explodiert und reißt zwei Menschenleben und zwanzig Briefe mit sich. Er bleibt zurück, begräbt noch mehr brave Männer und fragt sich, wie es zu Hause auf dem Hof aussieht – und in den anderen Grabenabschnitten. Wie viele Brüder hat er noch? Drei? Einen? Keinen? Ich hatte Chopper am Arm gepackt, als er die Hand ausstreckte, um die Bühnentür aufzumachen. Gleichmäßige Schritte durchquerten den Saal, und wir beide erstarrten. Unsere Blicke trafen sich. Dann rollte sich der einzige senkrechte Lichtstrahl zusammen und verschwand.

Wir hörten, wie jemand energisch den Riegel vorschob.

Immer mehr Schritte füllten jetzt die Aula. Das Geklapper der Absätze mischte sich mit Stuhlbeinscharren und Stimmengesumm. Chopper fluchte leise. Dann packte ihn die Verzweiflung. Er griff nach dem Strick, mit dem Stormer Phillips Flora als Herzogin von Amalfi allabendlich stranguliert hatte, und begann sich still zu erdrosseln. Ich ließ mich auf einem der Poller des Fliegenden Holländers nieder (einem umgedrehten Eimer mit schmierigem Rand) und stützte den Kopf in die Hände.

Zuerst hörte ich nichts als durcheinanderschnatternde Eltern, die einander Grüße zuriefen und Neuigkeiten austauschten. Die Minuten vergingen, und allmählich machte sich eine Art Unruhe breit. Durch einen Spalt zwischen zwei Brettern konnte ich sehen, wie die Eltern in den ersten Reihen auf ihre Armbanduhren sahen oder sich den Hals nach der Uhr an der Rückwand verrenkten.

Und dann begann der Elternabend endlich. Tack, tack, tack kamen Mr. Scotbeg und Miss Sullivan von der Schwingtür den Mittelgang herab. Sie hatte ihr Gefängnis-Oberwärterinnen-Outfit an, er trug wie üblich einen Sportsakko. Nebeneinander schritten sie zur Bühne, und das Geschnatter dämpfte sich zu einem Murmeln. Sie schwenkte nach rechts, er folgte ihr. Und plötzlich hörten Chopper und ich ihre Schritte über uns durch die Bühnenbretter schallen.

»Guten Abend, liebe Eltern ...«

Der elterliche Gegengruß schwoll an und wieder ab, und Scottys Schritte donnerten über unsere Köpfe hinweg und hüllten uns in Wolken frischen Staubes, die seinen Weg zum vorderen Bühnenrand markierten.

»Wie jedes Jahr«, dröhnte er, »haben Miss Sullivan und ich auch diesmal wieder die Eltern unserer Achtkläßler zu dieser Veranstaltung eingeladen. Ihre Söhne und Töchter sind nicht eingeladen, und zwar aus gutem Grund.« Es folgte eine kleine Pause. Vermutlich beugte er sich vertraulich vor, denn als nächstes kam ein dramatisches Flüstern.

»Denn was wir Ihnen heute abend zu sagen haben, ist nicht für ihre Ohren bestimmt!«

Das klang alles ein bißchen rätselhaft. Ich warf Chopper einen Blick zu, um zu sehen, was er davon hielt, doch zu meiner Verwunderung saß er, das Gesicht zwischen den Knien vergraben, vornübergebeugt da und hüllte seinen Kopf, so gut es ging, in einen großen Schlapphut. Der Strick, mit dem Stormer Phillips Flora stranguliert hatte, hing zu Boden, und einen schrecklichen Moment lang dachte ich, Chopper hätte sich aus Versehen tatsächlich erdrosselt. Dann aber – schlimmer noch – merkte ich, daß er gleich niesen würde.

»Tschiiii!«

Über uns brach Scotty seine geheimen Mitteilungen mitten im Satz ab. Eine fragende Unruhe lief durch den Saal – Stühle knarrten unter unruhig vorgebeugten Körpern, geflüsterte Worte eilten die Reihen entlang. »Haben Sie etwas gehört?« »Was kann das nur gewesen sein?«

»Tschiiii!«

Ich saß auf meinem umgedrehten Eimer und erwartete den Tod. Ich hätte womöglich sogar zum Strick gegriffen, wenn Chopper ihn nicht so gründlich vollgeniest hätte.

»Tschiiii! Tschiiii! Tschiiii! Tschiiii!«

Wie lange dauerte es, bis der Riegel zurückflog? William Scott Saffery schreibt, er hätte erlebt, wie sehr Angst die Zeit in die Länge dehnen kann. Man könne dann kaum glauben, noch immer in derselben Welt zu sein wie das rasch tickende Uhrwerk und die zügig rotierenden stählernen Zeiger, auf die man nur Sekunden zuvor geblickt habe. Und es schien wirklich eine Ewigkeit zu dauern, bis Licht zu uns hereinflutete, das uns fast blind machte, und Chopper und ich hinauswankten.

Da standen wir vor ihnen, einem Saal voll Mütter und Väter, alle auf Stühlen, die Chopper und ich aufgestellt hatten. Wir müssen ein feines Paar abgegeben haben. Ich war damals, vor einem Jahr, schon fast so groß wie jetzt, aber Chopper war noch winzig. Ich wette, wir sahen ziemlich albern aus, wie wir da standen, Seite an Seite, blinzelnd und niesend, Chopper noch immer mit dem riesigen Schlapphut auf dem Kopf. Miss Sullivan beugte sich über den Bühnenrand nach vorn und warf uns einen langen, mörderischen Blick zu, während Scotty seine Giftdrüsen aufblähte und auf die Tür zeigte.

»Morgen früh, neun Uhr, Jungs?« schlug er vor. »Vor meinem Büro.«

Wir setzten uns in Richtung Schwingtür in Bewegung. Ich weiß nicht, warum Chopper mit einemmal überschnappte. War es die furchtbare Stille? Waren es die vielen Augenpaare? Wie auch immer: Als wir den Mittelgang zur Hälfte hinter uns hatten, überkam es ihn plötzlich.

»So ist das nun mal, Leute«, verkündete er mit schallender Stimme, »irgendwann muß eben jeder von der Bühne abtreten.«

Ich kann nicht mit Bestimmtheit sagen, bei wem der Groschen zuerst fiel. Ich hätte schwören können, es war Mums Lachen, das ich hörte, aber sie behauptete später steif und fest, nicht sie, sondern Marisas Mutter hätte alle anderen angesteckt. Binnen weniger Sekunden brüllte der ganze Saal vor Lachen. Meiner Mutter liefen die Tränen übers Gesicht, mein Vater hielt sich an seinem Stuhl fest, und ich wäre am liebsten im Erdboden versunken. Chopper dagegen tat so, als sei er dazu geboren, jubelnde Mengen zu beglücken.

»Vielen Dank«, sagte er, lüftete den riesigen Schlapphut, wandte sich nach links und rechts, verbeugte sich und grinste wie ein Triumphe feiernder Schauspieler beim zehnten Vorhang. »Dankeschön. Vielen Dank.« Einige der Eltern griffen den Scherz auf und fingen an zu klatschen. Andere fielen ein, und bald pflanzte sich das Klatschen durch den Saal nach hinten fort, lauter und lauter, bis es zu einem gleichmäßig donnernden Applaus angeschwollen war, getrübt nur durch zwei Paar tödliche Gammastrahlen, die von der Bühne her auf uns gerichtet waren.

Ich faßte Chopper am Arm.

»Ist dir klar«, flüsterte ich, »daß das morgen unser Tod ist?«

Es kümmerte ihn nicht. Habe ich schon erwähnt, daß Chopper nicht besonders helle ist? All die Aufmerksamkeit, die ihm zuteil wurde, stieg ihm zu Kopf und walzte das wenige, was darin normal arbeitete, vollends nieder. Er grinste weiterhin verzückt und schwenkte seinen Hut, auch als ich ihn bereits durch die Schwingtür nach draußen zog.

Der nächste Morgen war schlimm. Aber als wir aus Scottys Zimmer kamen und uns die glühenden Socken auszogen, erklärte Chopper, das Schlimmste von allem sei, daß wir nach wie vor keine Ahnung hätten, worum es bei der Versammlung gegangen sei. Mir selbst waren Scottys unschöne Reden von wegen Suspendierung sehr viel unangenehmer, aber Chopper war wie besessen. Warum waren unsere Eltern ohne uns eingeladen worden? Was war nicht für unsere Ohren bestimmt?

»Diesmal war's ja ganz lustig«, sagte er immer wieder. »Und ganz schön spannend war's auch. Aber nächstes Mal machen wir's professionell. Wir schleichen uns früh genug rein und verstecken uns richtig. Nächstes Mal müssen wir lang genug bleiben, um alles mitzukriegen.«

Das Problem mit Leuten wie Chopper ist, daß sie, wenn sie sich einmal etwas in den Kopf gesetzt haben, einfach nicht mehr davon abzubringen sind. Zwölf Monate waren vergangen, wir beide waren ein ganzes Jahr älter geworden, und Chopper hielt in seiner Sturheit immer noch an dem Plan fest. Den ganzen Tag versuchte ich ihm klarzumachen, daß das Risiko zu groß sei. Was war, wenn wir wieder erwischt wurden? Man würde uns von der Schule verweisen. Aber damit wollte Chopper sich gar nicht erst befassen.

»Wir werden schon nicht erwischt. Wir verstekken uns auf der Empore und schauen durch die Kabellöcher runter. Wir ducken uns hinter die Brüstung, da kann nichts passieren.«

Sein Wort in Gottes Ohr. William Scott Saffery schreibt, bei Ypern sei es so schlimm gewesen, daß niemand solche Worte laut auszusprechen wagte, um nicht das Schicksal herauszufordern. Er erzählt, wie Chalky White eines Nachts plötzlich in solche Furchtlosigkeit verfallen sei, daß er William zu überreden versuchte, mit ihm durch den kurz zuvor zerstörten Teil des Schützengrabens zu kriechen, um zum Rest der Einheit zu gelangen. Als nach einer letzten Feuergarbe die Maschinengewehre verstummten, stimmte William bereitwillig zu. Zusammen krochen sie Stück für Stück näher an die verschüttete Stelle heran, die jetzt keine Deckung mehr bot. Und plötzlich, aus heiterem Himmel und als spreche er eine schützende

Zauberformel aus, sagte Chalky: »Da kann nichts passieren.« Sofort geriet William in Aufruhr. Unter Aufbietung all seiner Kraft warf er sich auf den Freund und riß ihn zu Boden. Als Chalky sich wehrte und wieder aufstehen wollte, schlug William ihn und schrie: »Wir können nicht rüber! Verstehst du denn nicht? Jetzt, wo du das gesagt hast, können wir nicht mehr rüber!« Chalky war der weitaus stärkere von beiden. Er stieß William beiseite und rappelte sich hoch. »Idiot!« schrie er zurück. »Du verd–!« Normalerweise wäre jetzt eine Flut von Schimpfworten gefolgt, meint William. Wenn Chalky anfing zu fluchen, war er nicht mehr zu bremsen. Jetzt aber fegte die explodierende Granate den Rest hinweg, und vieles andere ebenso. Chalky und William standen im strömenden Regen, und selbst Chalkys »Danke, Kumpel« ging im Heulen der Granaten ringsum unter. Zusammen kämpften sie sich Millimeter für Millimeter durch die grausige Wand aus Dreck und Rauch und durch die Luft fliegenden Erdbrocken, um den armen Kerl – wer es auch sein mochte – zurückzuholen, der den zerstörten Teil des Grabens offensichtlich von der anderen Seite hatte durchqueren wollen und jetzt dort draußen in dem vielfach gespaltenen Dunkel lag. Ich aber kann mich nicht auf Chopper werfen und ihn niederhalten.

Wenn Chopper beschließt, daß wir uns nach dem Abendbrot in die Schule zurückschleichen, um einen Elternabend zu belauschen, dann tun wir das auch. Ich habe nie verstanden, wie Freundschaft funktioniert. William Saffery auch nicht. Ich weiß nur eins: Als Chopper, der ja nicht besonders helle ist, in entschiedenem Ton zu mir sagte: »Viertel nach sieben. Auf der Empore. Okay?«, da konnte ich, der ich ja nicht gerade auf den Kopf gefallen bin, nur antworten: »Okay.«

Chopper und ich machten uns zusammen auf den Heimweg. Als erstes langten wir an seinem Haus an, aber da er gerade vollauf damit beschäftigt war, unsere getrennten Abmarschwege zur Empore auszuknobeln, schwenkte er nicht ab, sondern begleitete mich noch bis zu mir. Dann begleitete ich ihn wieder zurück, und so war es bereits nach fünf, als ich nach Hause kam und die Küche betrat. Mum war schon da.

»Na, wie war's heute?«

Ich überlegte noch, wie es gewesen war, da sagte sie: »Na, bestens!« und schrieb an ihrem Einkaufszettel weiter. Man kann nicht gerade behaupten, daß meine Mutter eine gute Zuhörerin ist. Ich käme nie im Leben auf die Idee, ein Problem mit ihr zu besprechen. Es wäre zwecklos. Meine Mutter gehört zu den Leuten, die einem bereits sagen, was man hätte tun sollen, noch ehe man zu Ende erzählt hat, was man getan hat. Und da Dad bei Budgens vor dem Eingang stand und darauf wartete, daß sie mit dem Einkaufszettel aufkreuzte, würde sie es gar nicht erst versuchen.

Ich wandte mich Muffy zu, die am Tisch saß, den Finger in den Honig auf ihrem Toast tauchte und probierte, wie lang sich die Honigfäden ziehen ließen, bevor sie auf den Teller zurückfielen. Manchmal mache ich mir so meine Gedanken über Muffy. Was mag in ihrem Kopf vorgehen?

»Klecker nicht«, sagte ich zu ihr. »Iß!«

Falsch! Drei kleine Worte nur, und doch genügten sie, um Mum an meine unerhörten Fähigkeiten zu erinnern.

»Will«, sagte sie, »sei doch so lieb und paß auf Muffy auf, solange ich weg bin.«

Und schon war sie zur Hintertür hinaus.

Kann mir bitte jemand erklären, wie es kommt, daß jedesmal, wenn meine Mutter und mein Vater zum wöchentlichen Großeinkauf verschwinden, Estelle noch schneller verschwunden ist? Ich hatte Muffy bestimmt schon zum viertenmal hintereinander *Rumpelstilzchen* vorgelesen, als ich Badewasser durch die Rohre hinabgurgeln hörte und Estelle hereingerauscht kam. Schranktürenknallend begann sie nach etwas Eßbarem zu suchen.

»Pssst!« warnte ich sie. »Muffy ist schon fast eingeschlafen.«

Muffy stöpselte ihren Daumen aus und sagte: »Nein, bin ich nicht«, aber das war ohnehin das letzte, was Estelle interessiert hätte.

»Ist kein Crunchy Granola mehr da?«

»Das kommt gleich«, sagte ich. »Sie sind gerade im Supermarkt.«

»Okay.«

Sie ließ sich auf einen Stuhl fallen. Sie sah aus wie eine Vogelscheuche. Ihr Haar stand wirr nach allen Seiten ab und sah aus, als hätte sie einige Mühe darauf verwandt, es in diesen Zustand zu bringen, und der flauschige rosa Morgenrock, den Granny ihr zu Weihnachten geschenkt hatte, war vom Kragen bis zum Saum falsch zugeknöpft.

Es ist ja nicht meine Art, argwöhnisch zu sein, aber es ist auch nicht Estelles Art, um sechs Uhr bettfertig zu sein.

»Wieso bist du im Morgenrock?« fragte ich sie. Und dann, als ich ihr Lächeln sah: »Was hast du drunter?«

Immer noch lächelnd, fingerte sie Knopf für Knopf auf, schlug den Morgenrock auseinander und präsentierte uns, was sie darunter hatte.

Muffy fiel der Daumen aus dem Mund, und auch ich war schockiert. Estelle sah aus, als wäre sie soeben einem Horrorfilm entstiegen. Sie hätte Draculas Tochter sein können. Sie war ganz in Schwarz gekleidet: schwarze Bluse, schwarzer Rock, schwarze Netzstrümpfe. Wenn ich »gekleidet« sage, ist das noch einigermaßen großzügig von mir, denn die Bluse rutschte ihr von den Schultern, der Rock war ein einziges Fransengebilde, und in den Strümpfen waren riesige Löcher. Um den Hals hing ihr eine meterlange silberne Kette. Der silberne Gürtel bestand aus so vielen gezackten Splittern, daß es richtig wehtat, ihn anzuschauen, wenn Estelle sich bewegte und das Licht darin aufblitzte.

Sie fuhr mit der Hand in die Morgenrocktasche, zog einen Haufen Schmuck hervor und kippte ihn auf den Tisch. Da lagen sie: Dolchohrringe, Armreifen, Skorpionringe.

Muffys Augen leuchteten auf.

»Was soll das?« fragte ich Estelle. »Wo willst du denn in der Verkleidung hin?«

Estelle setzte ihr irritierendes Lächeln auf und warf den Kopf zurück, gab aber keine Antwort.

»Ach ja, ich weiß«, sagte ich. »Heute ist ja Freitag. Du denkst immer noch, du kannst zu Alisons Party!«

»Ich *denke* es nicht nur«, sagte Estelle hochnäsig, »ich *gehe* auch.«

Ich schüttelte den Kopf.

»Das erlauben sie nie. Vielleicht hätten sie dich ja gelassen, als sie noch dachten, es wäre die Alison aus dem Schwimmverein. Aber seit sie wissen, daß du Stormer Phillips' große Schwester meinst, hast du nicht mehr die geringste Chance.«

Estelle stand auf, verließ die Küche und knallte die Tür hinter sich zu. Erst dachte ich, ich sei ins Fettnäpfchen getreten. Estelle hat noch nie gern die Wahrheit gehört, wenn sie ihr nicht in den Kram paßt. Die Könige und Königinnen, die einst die Überbringer schlechter Nachrichten zu töten pflegten, waren nichts gegen Estelle, die mir einmal eine runtergehauen hat, nur weil ich erwähnt hatte, daß unser Schwimmbad an diesem Tag wie jeden Dienstag geschlossen sein würde. Aber nein. Gerade als Muffy und ich es uns für unsere viermillionste *Rumpelstilzchen*-Lesung bequem machten, erschien sie plötzlich wieder auf der Bildfläche, unter dem Arm eine riesige Schachtel mit ihrem Make-up- und Frisierkram.

Ich seh' nicht ein, warum ich nicht hätte sagen sollen, was ich dachte.

»Zwecklos, dich aufzudonnern. Die lassen dich nicht gehen.«

Die meisten Tiger sind wohl besserer Laune als meine Schwester.

»Jetzt hör mal zu«, fauchte sie. »Kümmre dich gefälligst um deine eigenen Angelegenheiten, ja? Das geht dich überhaupt nichts an.«

»Ich mein' ja nur.«

Sie wühlte in der Schachtel, so daß eine Menge Zeug herausfiel und über die Tischkante zu Boden rollte, wo Muffy es sich schnappte. Estelle begann, mit einer silbernen Pampe etwas Merkwürdiges an ihrem Gesicht zu machen, und Muffy schraubte den Deckel von einem Töpfchen mit einer Art aprikosenfarbenem Kitt und tat es ihr gleich. Kaum nahm ich Muffy eine Sache weg, machte sie sich über die nächste her. Inzwischen war Estelle mit Schmieren und Spachteln fertig und konnte wieder reden.

»Sie müssen mich lassen«, sagte sie. »Von meiner Klasse gehen praktisch alle hin. Wir treffen uns um halb zehn.«

»Um halb zehn! Wo denn?«

Sie warf mir einen ihrer kühlen Das-wüßtest-du-wohl-gern-Blicke zu und begann ihre Augen zu bearbeiten.

»Bei Alison?«

»Natürlich nicht!« sagte sie wegwerfend. »Da wär' doch nie im Leben genug Platz.«

»Dann vielleicht – im Baptisten-Gemeindesaal?«

Estelle kräuselte die silbernen Lippen.

Ich machte noch einen weiteren Versuch und kam mir vor wie eine Märchenfigur, die zum dritten und letzten Mal raten darf.

»Oder – in einer Diskothek? Im ›Devil's‹?«

Die alten Geschichtenerzähler waren einfach unschlagbar. Meine Schwester war so sauer, daß sie genau wie Rumpelstilzchen mit dem Fuß aufstampfte. Muffy hörte auf, sich Nase und Wangen mit Green-Apple-Eye-Stick-Masern zu betupfen und sah etwas beunruhigt drein. Estelle starrte mich böse an. Ich ließ ihre zerstörerischen Strahlen jedoch an mir abprallen und sagte nur: »Nie im Leben lassen sie dich gehen. Jeder weiß doch, daß im ›Devil's‹ geraucht und getrunken wird. Und Schlimmeres.«

»Das wissen sie vielleicht nicht.«

»Vielleicht aber doch.« Plötzlich kam mir ein Gedanke. »Du mußt ihnen doch sagen, wohin du gehst«, gab ich ihr zu bedenken.

Sie erhöhte die Strahlendosis in ihrem Blick, aber ich hielt ihm stand, und am Ende war sie es, die wegsah.

»Ich sag's ihnen ja auch!« schnappte sie.

»Und wann?«

»Sobald sie zurück sind.«

Muffy blickte erschrocken auf. Sie redet zwar

nicht viel, aber dumm ist sie nicht. Ich spürte, wie sie auf meinem Schoß zu zappeln begann und sich zu einem ihrer Abtauchmanöver bereitmachte. Aus reiner Neugier fragte ich Estelle: »Wen fragst du, Mum oder Dad?«

Sie zuckte die Schultern.

»Kommt drauf an, wer da ist.«

»Beide. Sie kommen jeden Moment vom Einkaufen zurück.«

Wenn ich so dicht an meinen Augen mit irgendwelchem Zeug herumfuhrwerken würde, dann würde ich nicht dauernd reden.

»Ja, ich weiß. Aber einer von ihnen muß gleich wieder weg, zu diesem Elternabend.«

Ich kippte Muffy von meinem Schoß und ging zum Kalender hinüber.

»*Sie* geht nicht noch mal weg«, sagte ich. »Sie hatte den ganzen Vormittag über Mandanten, am Nachmittag war eine Konferenz, und in der Mittagspause mußte sie scheint's Marionettentheaterkarten für Muffy besorgen und dann noch zur Bank, um die Straßensteuer zu bezahlen. Wenn sie jetzt heimkommt, will sie bestimmt nur noch eins: ein schönes, heißes Bad.«

Estelle sah auf, und ich erschrak vor ihren Gespensteraugen.

»Also, *er* geht nicht«, sagte sie. »Er hat mir

gesagt, daß sein Mechaniker krank ist und daß er die ganze Arbeit allein machen und die Telefone bedienen und dazu noch die Neue in der Annahme im Auge behalten muß. Und außerdem war er ja mit beim Einkaufen. Wenn er jetzt heimkommt, will er nur noch eins: aufs Sofa fallen und sich im Fernsehen *Die schwarze Viper* anschauen.«

»Vielleicht gehen sie nicht hin . . .«

Estelle lachte. Und sie hatte recht. Der Tag, an dem die beiden nicht zu einem Elternabend gehen, wird jener Tag sein, an dem sie Muffy in einen Zug setzen und ins College verfrachten.

»Stimmt«, sagte ich und lehnte mich gegen die Tür. »Einer geht garantiert hin.«

Draußen waren Schritte zu hören. Estelle wikkelte sich fester in ihren flauschigen rosa Morgenrock, und ich wurde durch die schiere Gewalt der auffliegenden Tür durch die halbe Küche geschleudert. Hinter einem riesigen Lebensmittelkarton wankte Mum herein.

»Du gehst hin, George«, sagte sie gerade. »Ich geh' nicht hin. Den ganzen Vormittag über hatte ich die gräßlichsten Mandanten, diese furchtbare Konferenz hat fast den ganzen Nachmittag gedauert, und meine Mittagspause hab' ich dafür gebraucht, Karten für Muffys Marionettentheater zu besorgen und zur Bank zu gehen, um die Straßensteuer zu bezahlen. Vom Einkaufen gar nicht zu reden. Jetzt will ich nur noch eins: ein schönes, heißes Bad.«

Dad betrat hinter ihr die Küche, beladen mit zwei weiteren aufeinandergestapelten Kartons.

»Also, ich geh' nicht hin«, sagte er. »Du weißt doch, daß mein Mechaniker krank ist. Ich mußte die ganze Arbeit allein machen und die Telefone bedienen und dazu noch Sarah, die Neue in der Annahme, im Auge behalten. Und einkaufen war ich auch. Jetzt will ich nur noch eins: die Beine hochlegen und fernsehen.«

»Vielleicht könnten wir's dieses eine Mal lassen...«

Dad ließ seine Kartons zu Boden plumpsen und sah sie bedeutungsvoll an.

»Stimmt«, sagte Mum. »Einer von uns muß hin.«

Sie hörte auf, Suppendosen aus dem Karton zu nehmen und sah sich um. Unglücklicherweise fiel ihr Blick als erstes auf Muffy.

»Ach, du meine Güte!«

»Keine Sorge«, sagte ich, »Muffy ist okay. Sie hat nur mit Estelles Make-up-Sachen herumgespielt.«

Da schaute Mum Estelle an.

»O Gott!«

»Keine Sorge«, sagte ich, »Estelle ist auch okay. Sie will nur ausgehen.«

Dad trat heran, um sich die Sache aus der Nähe anzusehen. Dann sagte er: »Aber so nicht. So geht sie mir nicht aus dem Haus« und zog wieder ab, um die Waschmittel auszupacken, ohne überhaupt zu merken, daß Estelle eine ihrer Mikrowellen-Attacken auf ihn richtete und ihn in ihr Haßregister eintrug.

Man konnte förmlich sehen, wie Mum den Entschluß faßte, die Sache etwas taktvoller anzugehen.

»Wohin gehst du denn, Schatz?« fragte sie Estelle – überaus liebenswürdig, fand ich, wenn man bedachte, daß sie sich durch den Supermarkt gekämpft hatte, während Estelle sich in der Badewanne geaalt hatte. »Willst du noch schnell in die Bücherei, bevor sie zumacht?«

Ein Glück, daß sie Estelle in diesem Augenblick den Rücken zukehrte, um die Suppendosen auf ein Wandbord zu stellen. So sah sie Estelles Blick nicht. Aber sie merkte, daß keine Antwort kam, denn sie versuchte es noch einmal.

»Oder willst du Mrs. Hurley bei den Pfadfinderinnen helfen?«

Ich weiß nicht, ob es Mum genauso ging, aber ich spürte, wie die Temperatur im Raum auf den

Gefrierpunkt sank. Ich bin da wie William Scott Saffery. Wenn es etwas gibt, was ich nicht ertrage, dann sind es diese Augenblicke eisiger Stille vor einem Angriff. Einmal feuerte William sogar einen Schuß ab, nur um das grausame Warten zu beenden. Bei mir ist es das gleiche.

Die Worte sprudelten einfach aus mir heraus.

»Sie sagt, sie will ins ›Devil's‹.«

Hab' ich gesagt, daß es schon ziemlich kalt im Raum war? Jetzt hatten wir die Dauerfrostgrenze erreicht.

»Das wird wohl nicht gehen, Schatz. Es ist schon ein bißchen spät.«

»Spät! Es ist noch nicht mal halb sieben! Es ist noch hell draußen!«

Mum äugte argwöhnisch zum Küchenfenster hinaus, als könnte sie nicht glauben, daß all das Helle da draußen richtiges Tageslicht war. Dann änderte sie ihre Strategie.

»Heute abend ist es schlecht, Schatz!«

»Aber die Party ist heute abend!«

Mum ignorierte diesen Einwand.

»Und außerdem«, beharrte sie, »wär' es doch dumm, dich noch mal anzuziehen, jetzt, wo du schon in Morgenrock und Hausschuhen bist.«

Was verriet Estelle? Sie sagte kein Wort und rührte sich nicht. Wahrscheinlich kann Mum Gedanken lesen, denn sie übergab Dad die Sonderangebotspackung Topfkratzer, die sie gerade in der Hand hielt, durchquerte den Raum und knöpfte – ganz behutsam – Estelles rosa Morgenrock auf.

Muffy vergrub den Kopf in den Händen. Mein Magen krampfte sich zusammen. Dad war völlig perplex, als er Estelles Rock sah.

Und Mum rastete aus.

»Jetzt hör mir mal gut zu, meine Liebe. Du gehst jetzt auf der Stelle nach oben und ziehst diese grauenhaften Sachen aus. Wenn du auch nur eine Sekunde lang glaubst, dein Vater und ich lassen dich in diesem Aufzug aus dem Haus –«

Einen Moment lang fehlten Mum die Worte, und Estelle nutzte die Chance.

»Also, Mum!« sagte sie. »Ich bin doch nicht Muffy! Ich bin ich! Ich bin nicht mehr im Kindergarten. Ich bin in der achten Klasse! Ich bin alt genug, um mit meinen Freunden auszugehen!«

»Aber nicht alt genug, um ins ›Devil's‹ zu gehen!«

»Warum nicht?«

»Weil wir genau wissen, was da läuft, darum!« fuhr Dad dazwischen. »Wir haben doch die Typen gesehen, die dort vor der Tür herumlungern und rauchen und Dosenbier in sich hineinschütten. Und Schlimmeres!«

Estelle stemmte die Hände in die Seiten (Feuerposition Nr. I). Muffy kletterte auf meinen Schoß, schlug *Rumpelstilzchen* auf, setzte eine ausdruckslose Miene auf und tat so, als würde sie nicht zuhören. Sie sah so unbeteiligt drein, daß man nie auf den Gedanken gekommen wäre, sie könnte auch nur im mindesten beunruhigt sein, wenn man nicht wie ich wußte, daß Muffy es nicht erträgt, wenn ihr in einer ihrer Lieblingsgeschichten auch nur ein einziges Wort entgeht. Und sie starrte auf Seite fünfzehn.

Estelle drehte jetzt vollends durch.

»Ich bin nicht zu jung! Überhaupt nicht! Ihr habt doch keine Ahnung, was heutzutage läuft. In meinem Alter dürfen *alle* rauchen. Und *alle* dürfen trinken. Und *alle* dürfen in die Diskothek. Ich hab' doch auch schon alles arrangiert. Ihr könnt mich nicht wie ein Baby behandeln. Ihr müßt mich gehen lassen! Ihr könnt mich nicht in diesem Kasten einsperren!«

Falsch! Grundfalsch!

»Kasten?« Mums Ton war jetzt gefährlich ruhig und hörte sich an, als bemesse sich Estelles Lebenserwartung nur noch nach Sekunden. »Was für ein Kasten, Estelle? Ich seh' hier keinen Kasten.«

Sarkastisch blickte sie nach rechts und links.

Und dann, wie eine Leuchtkugel, die hochschießt, um den Himmel zu erhellen:

»Das ist kein Kasten, Estelle! Es ist ein Zuhause! Ein Zuhause, für das dein Vater und ich jahrelang geschuftet –«

Muffy zerrte verzweifelt an meinem Pullover, um ihn sich schützend über den Kopf zu ziehen. Doch plötzlich hielt Mum inne. Sie brach einfach ab. Es war erstaunlich – als wäre die Leuchtkugel, anstatt wie sonst ihre gleißende Bahn über den Himmel zu ziehen, direkt in ihre zischende Abwärtsspur eingeschwenkt, um dann im Dunkel zu verglimmen.

»Ach, sag du's ihr, George. Ich hab' keine Lust mehr.«

Mum nahm ihre Umhängetasche und klappte sie auf, um nachzusehen, ob ihre Schlüssel darin waren. »Ich verschwinde zum Elternabend, und du bleibst da und erklärst Estelle, warum sie heute abend nicht weg kann.«

Noch nie hatte ich Dad so flink erlebt. Wäre Mum ein Fußball gewesen und die Hintertür das Tor, er hätte den Ball nicht blitzartiger abwehren können.

»Nein! Oh, nein! *Ich* geh' zum Elternabend. Du bleibst hier.«

»Aber George!« sagte Mum. (Sie hörte sich so

lieb und vernünftig an, daß Muffy meinen Pullover lüftete und erstaunt darunter hervorlugte.) »Dein Mechaniker ist doch krank, und du mußtest die ganze Arbeit allein machen und die Telefone bedienen und dazu noch Sarah im Auge behalten. Und einkaufen warst du auch. Jetzt mach dir's auf dem Sofa bequem, leg' die Beine hoch und schau dir was im Fernsehen an.«

Wir hatten wohl gerade die Woche der Höflichkeit in der Beechcroft Avenue 27.

»Nein, nein«, sagte Dad. »Kommt nicht in Frage, Bridget. Du hattest doch den ganzen Vormittag über diese gräßlichen Mandanten und dann die Konferenz, die fast den ganzen Nachmittag gedauert hat, und eine richtige Mittagspause hattest du auch nicht, weil du Karten für Muffys Marionettentheater besorgen und dann noch zur Bank mußtest, um die Straßensteuer zu bezahlen. Und einkaufen warst du ja auch. Was du jetzt brauchst, ist ein schönes, langes, heißes Bad.«

»Nein, nein«, sagte Mum. »Ich gehe. Du bleibst hier.«

»Nein, nein«, beharrte Dad. »Du bleibst hier. Ich gehe.«

Sie waren so von ihren großherzigen Angeboten absorbiert, daß sie gar nicht merkten, wie die Rakete hochging.

»Toll!« explodierte Estelle. »Phantastisch! Wirklich prima für mich! Erst macht ihr gemeinsame Sache, um mir jeglichen Spaß zu verderben, und dann streitet ihr euch darum, wer sich davor drükken kann, mir auch nur einen einzigen vernünftigen Grund zu nennen, warum ich dieses langweilige, jämmerliche Leben leben sollte! Ihr seid beide gemein und egoistisch und eklig!«

Diesmal zog Muffy sich meinen Pullover so weit über den Kopf, daß ihre Mähne aus dem Halsausschnitt hervorquoll.

Dad holte ganz tief Luft.

»Jetzt hör mir mal zu, Estelle!«

»Nein!« schrie sie. »Nein, ich hör' nicht zu! Seitdem ich sprechen kann, sagt ihr mir dauernd, ich soll zuhören! Jetzt hör' ich nicht mehr zu! Ich hab' die Nase voll!«

Sie riß die Tür zum Flur so heftig auf, daß sogar Muffy unter meinem Pullover es hörte und hinauflangte, um sich die Ohren zuzuhalten.

Peng!!!

Das ganze Haus erzitterte.

Dad seufzte.

»Ich weiß nicht«, sagte er, »manchmal wundere ich mich, daß dieses Haus überhaupt noch steht, so wie Estelle die Türen zuknallt.«

Er drehte sich um.

»Bridg–« Er brach erschrocken ab. »Bridget? Bridget, wo bist du? Bridget!«

Muffy spähte aus dem langgezerrten Ausschnitt meines Pullovers, genau wie ein Känguruhbaby, das aus dem mütterlichen Beutel hervorlugt.

»Was ist passiert?« fragte Dad.

»Nichts ist passiert«, erwiderte ich. »Mum hat nur ihre Tasche genommen und ist gegangen.«

»Das hab' ich gar nicht gehört.«

Ich zuckte die Schultern. Wenn Dad immer noch nicht weiß, daß Estelle die Türen so laut zuknallen kann, daß es für zwei reicht, dann muß er wohl geschlafen haben.

»Wann kommt sie denn wieder?«

»Der Elternabend dauert mindestens bis neun.«

»Neun!«

Er verdrehte die Augen zur Decke. Ein Ausdruck des Entsetzens lag auf seinem Gesicht. Es war fast wie in diesem Horrorfilm, wo alle, die in dem Raum eingeschlossen sind, zur Decke aufblicken und sehen, wie sich durch all die Kräfte des Bösen der Verputz über ihnen herabwölbt.

»Ich glaube, ich sollte besser hinaufgehen und ein Wörtchen mit ihr reden.« Er rührte sich nicht. Anscheinend mußte er sich erst selbst überzeugen. »Sie schien mir ein bißchen aufgebracht.«

Da ließ Muffy sich vernehmen.

»Arme Stelly ...«

William Scott Saffery sagt, er hätte nie gewußt, wie die einzelnen Männer es fertigbrachten, sich aus dem Graben und ins Gefecht zu stürzen, da sie doch wußten, was sie erwartete. Bei manchen schien es blinder Mut zu sein. Andere, so vermutete er, glaubten noch halb an das, was sie taten. Viele hatten auch Angst, als Feiglinge zu gelten, egal ob sie es waren oder nicht. Einige hatten natürlich auch den Gewehrlauf ihres Kompaniechefs im Rücken. Für William aber kletterte die große Mehrheit einfach deshalb hinaus und dem sicheren Tod entgegen, weil andere ihnen dabei zusahen.

Wir beobachteten Dad, wie er uns beobachtete, wie wir ihn beobachteten. Dann riß sich der gute alte Brigadier Flowers zusammen und zog sich das Hemd im Hosenbund straff.

»Also gut«, sagte er. »Ich geh' hinauf.«

Muffy glitt von meinen Knien und tappte zu ihm hinüber. Er nahm sie auf den Arm und versuchte sie gar nicht erst, sie zu überreden, bei mir unten zu bleiben und sich *Rumpelstilzchen* anzuhören. Es wäre zwecklos gewesen. Muffy liebt Estelle über alles und will lieber ganz genau wissen, was vor sich geht, als nur dazusitzen und es sich auszumalen. Ich kann das verstehen. Und

William Saffery schreibt, manchmal habe er das Gefühl gehabt, es sei der einzige Grund gewesen, warum schließlich auch er den Fuß auf die schlammbedeckte Stufe gesetzt habe, obwohl er wußte, daß diese Stufe, sobald die Signale die Linie entlangliefen, das letzte sein konnte, was er von der Welt sehen würde.

Mit Muffy auf dem Arm ging Dad zur Tür. Ich folgte ihm und sah ihm zu, wie er mit Muffy auf dem Rücken schwerfällig die Treppe emporstieg. Muffy glich einem Rucksack, so wie sie ihn mit Armen und Beinen umklammerte. Oben wurden Türen mit Wucht zugeschmettert, und das Haus erbebte. Aber Dad strebte vorwärts, Stufe um Stufe.

Auf zum Gefecht!

6

Niemand kann es einem übelnehmen, wenn man nach überstandener Gefahr aufgedreht ist. Wie MacFie oft sagte – so oft, daß William ihm am liebsten den Hals umgedreht hätte –: »Pech, daß es ihn erwischt hat, aber ein Glück, daß es nicht mich erwischt hat.« Ich flitzte den Gartenweg hinab, schwang mich über die Muffy-sichere Tür und stürmte die Straße entlang. Unter jedem überhängenden Ast sprang ich hoch und riß ein paar Blätter ab. Ich merkte gar nicht, daß ich auf ihnen herumkaute, bis ich plötzlich ein paar Lorbeerblätter erwischte. Aber da war ich schon zu nahe an der Schule, um sie noch ausspucken zu können. Ich wollte nicht riskieren, daß mich jemand beobachtete, der mich ins Sündenregister der Wallace-Schule hätte eintragen können.

Ich schaute mich um. Jede Menge bekannte Gesichter schienen mich aus Autofenstern anzustarren. Eltern auf dem Weg zum Elternabend! Ich setzte mich wieder in Trab und wurde, als ich die Zufahrt zum Parkplatz entlangspurtete, mehrmals fast überfahren. Auf der Uhr der Reifenfabrik war es zehn nach sieben. Ich war zu spät dran. Als ich aber ganz automatisch erneut nach einem Blatt hochsprang, bemerkte ich Chopper, der auf der hohen Mauer hinter Budgens entlangbalancierte. Ich stieß mein ›Rollige-Katzen‹-Miauen aus, und er miaute zurück. Aber ich blieb auf dem längeren Weg. Mir persönlich ist es lieber, überfahren zu werden, als vier Meter tief in ein Dornengestrüpp zu fallen. Jedem das Seine. Die Eltern, die sich in ihren Autos an mir vorbeischlängelten, kamen offenbar gern auf die Minute pünktlich zu einer Veranstaltung. Mum und Dad dagegen fahren immer erst im letzten Moment los, landen dann irgendwo in den vier hintersten Reihen und beschweren sich, daß sie nichts hören.

Aber an diesem Abend war es anders. Mum hatte es so eilig gehabt, aus dem Haus zu kommen, daß sie eine der ersten gewesen sein mußte. Bestimmt hatte sie einen Parkplatz neben der Einfahrt ergattert, bereit für ihre nächste überstürzte Flucht. Ich hielt mich möglichst dicht an der Mauer, für den Fall, daß sie noch in der Nähe war. Aber ich sah nur andere Eltern, die ihre Autotüren zuwarfen und abschlossen und dann dem Haupteingang zustrebten.

Ich schlich den Weg zum Hintereingang entlang

und brachte die Treppen und zwei Korridore hinter mich, wobei ich Deckung suchend von Tür zu Tür sprang. Plötzlich hörte ich Schritte und Stimmen. Ich schnellte in den Garderobenraum, und als die Stimmen näherkamen, kauerte ich mich auf eine Bank und hüllte mich in Marisas hellgelbes Cape. Es stank nach Parfüm. Ohne Übertreibung: Auf engem Raum ist *Soir de Paris* schlimmer als der Geruch, über den Mr. Astley sich beklagt, wenn sich jemand nicht richtig wäscht, jener Geruch, den Miss Adulewebe vornehm *Essence d'aiselle* zu nennen pflegte.

Die Stimmen kamen immer näher, und plötzlich merkte ich, daß ich eine von ihnen kannte.

»Das ist doch nie im Leben der richtige Weg!« Kein Zweifel. Niemand zetert so wie Mum. »Sie mögen ja Orientierungskurse geben und den Leuten Überlebenstechniken beibringen, aber jetzt haben Sie uns den falschen Korridor entlanggeführt. Die Aula ist ganz bestimmt auf der anderen Seite.«

Orientierungskurse? Überlebenstechniken? Dann mußte ich doch auch die andere Stimme kennen.

»Tut mir leid. Mein Fehler. Bin nicht in Form.«

Ich fiel fast von der Bank. Choppers Vater! Er hatte kein Kind in der achten Klasse, so wie Mum.

Was also hatte er abends um diese Zeit in der Schule zu suchen? Einen von seinen mörderischen Orientierungskursen startete er ganz bestimmt nicht. Es war lange her, aber ein paar besonders unangenehme Einzelheiten hatte ich noch in bester Erinnerung. Monatelang hatte er mich zweimal pro Woche zur Schnecke gemacht, weil ich die Karte verkehrtherum gehalten hatte. Dabei hatte ich zu diesem Zeitpunkt meiner Meinung nach schon längst bewiesen, daß ich nicht ganz bei Troste gewesen war, als ich mich zu diesem Kurs angemeldete hatte. Jetzt zirpte dieses bullige Muskelpaket flaumweiche Entschuldigungen. Ein Glück, daß Chopper nicht da war und mitbekam, wie meine Mum seinen alten Herrn durch ihren tragbaren Selbstachtungsfleischwolf drehte.

»Ich dachte, Sie waren Berufssoldat, Mr. Chopperly! Da hat man Ihnen doch bestimmt beigebracht, wie man sich seinen Weg durch Wüsten und Sümpfe sucht, und bestimmt hat man Sie ohne Essen und ohne Landkarten in den Dschungel geschickt. Wie kann jemand mit Ihrer Erfahrung sich nur verirren, wenn er bloß ein paar Pappschildern mit Pfeilen durch einen schnurgeraden Korridor zu folgen braucht?«

Man sollte meinen, ein Mann, der einiges gewöhnt ist, könnte das schlucken. Plötzlich aber begann die Bank, auf der ich kauerte, zu zittern. Er hatte sich offenbar setzen müssen. Als das Zittern nachließ, schob ich die Falten von Marisas Cape etwas beiseite, so daß ich ein wenig sehen konnte. Er saß zusammengesunken am anderen Ende der Bank, den Kopf in den Händen vergraben, ein Bild der Verzweiflung.

»Ach, du liebe Zeit«, sagte Mum eilig, »nehmen Sie sich das doch nicht so zu Herzen. Ich hab's nicht so gemeint, ehrlich.«

Seine Schultern zuckten.

Mum klopfte ihm auf den Rücken.

»Mr. Chopperly?«

Die Bank begann erneut zu zittern. Ich ergriff die Gelegenheit, mit dem Rücken ein Stück die Wand abwärts zu rutschen und es mir ein bißchen bequemer zu machen. Ich hatte das Gefühl, ich würde etwas länger als erwartet in Marisas Cape nisten.

»Tut mir leid...«, hörte ich ihn krächzen. »Ich reiß' mich schon zusammen. Sekunde. Gleich geht's wieder.«

Mum ließ sich neben ihm nieder.

»Was haben Sie denn? Sie sind ja ganz durcheinander! Mir können Sie's ruhig sagen.«

Er schüttelte den Kopf.

»Idiotisch...«, murmelte er. »Ich muß das in den Griff kriegen. Muß damit klarkommen.«

»Mit was klarkommen?«

Er hob den Kopf. Es war ein kleiner Schock, das muß ich sagen. Das letztemal, als ich Choppers Dad gesehen hatte, da hatte er seine Arbeitskluft angehabt und mich und die anderen Opfer nach diesem grauenvollen Bergwochenende auf dem Helvellyn aus dem Transporter gescheucht. Damals hatte er ganz schön hartgesotten gewirkt. Jetzt sah er erbarmungswürdig aus.

Mum fand das offensichtlich auch.

»Sie sehen ja schlimm aus, Mr. Chopperly. Sind Sie krank?«

Eins muß man ihm lassen: Ein Schlappschwanz, der vor Selbstmitleid zerfließt, ist er nicht.

»Nein, nein. Nie besser in Form gewesen. Alles in Butter, wirklich.«

»Probleme daheim? Wie geht's Ihrer Frau? Gut?«

»Bestens. Super. Alles paletti.«

Mum spulte eine kurze Checkliste familiärer Störfaktoren herunter.

»Was macht das Baby? Schläft es durch?«

»Ab zehn wie ein Stein. Kein Mucks bis sechs. Man hat uns scheint's aus Versehen einen Engel geschickt.«

»Und die Zwillinge?«

»Denen geht's blendend. Quietschvergnügt, alle beide. Und wirklich 1 A in der Schule.«

Falsch! In einer richtigen Elitetruppe bringen sie den Leuten bestimmt besser bei, wie man es anstellt, sich bei einem geschickten Verhör nicht so leicht in die Enge treiben zu lassen. Die Bank begann erneut zu zittern, noch ehe Mum ihre letzte kleine Frage plaziert hatte, so schnell und präzise wie ein Messer zwischen die Rippen.

»Und wie geht's Chopper?«

Ein Ausdruck von Panik glitt über sein Gesicht, als hätte sie gefragt: »Und wie geht's Beelzebub?«

»Chopper?«

Sie hatte einen Volltreffer gelandet.

»Ja, Chopper. Wie geht's ihm?«

Der Mann gab sich wahrhaftig alle Mühe. Sollte je in unserer Schule das Gerücht kursieren, Mr. Chopperly sei ein Feigling, werde ich allen sagen: Er hat sich wirklich alle Mühe gegeben. Seine Stimme brach, und er hörte sich an wie ein Lügner, aber er gab sich alle Mühe.

»Chopper? Kein Problem! Nicht das geringste!«

Hätte ich nicht gesehen, wie sich schiere Ungläubigkeit auf Mums Gesicht malte, ich hätte ihm fast geglaubt. Ich weiß natürlich, daß Chopper zu Hause so seine kleinen Probleme hat. Tatsächlich muß ich mir jede Mittagspause seine endlosen Tiraden über den Riesenkrach anhören, den sie gerade wieder hatten, weil er einen klitzekleinen Ölfleck auf seinen Teppich gemacht hat oder weil er eine Minute zu spät nach Hause gekommen ist. Das Problem ist, daß seine Mutter, wenn sein Vater nicht da ist, kein Auge zutun kann, solange ihr Herzblatt von Sohn nicht wohlbehalten im Bett liegt. Seit sie am Flughafen arbeitet und um sechs Uhr früh aus dem Haus muß, gibt es um jede halbe Stunde, die der arme Chopper länger wegbleiben will, stundenlange Diskussionen.

Das weiß meine Mutter allerdings nicht. Es schien mir nicht unbedingt geraten, sie davon in Kenntnis zu setzen. Aber sie sah noch immer nicht so aus, als würde sie glauben, daß das Leben mit Chopper eitel Freude und Sonnenschein sei.

»Was? Nicht das geringste Problem?«

Die ersten Haarrisse erschienen.

»Naja, ab und an gibt es natürlich schon eine kleine Unstimmigkeit...«

»Unstimmigkeit?«

Exoffizier Chopperly hob den Kopf und sagte mit fester Stimme zu meiner Mutter: »Jungen sind nun mal so. Das ist ganz natürlich.«

Mum decodiert Botschaften auch ohne Schlüssel.

»So schlimm ist es? Was ist denn um Himmels willen passiert?«

Sein Gesicht nahm einen gequälten Ausdruck an. Sein Blick schweifte die Hakenreihen entlang. Hätte ich nicht gewußt, daß er sich in einer anderen Welt befand, in seinem Alptraum gefangen war, ich hätte mich nicht sehr sicher gefühlt, wie ich so in mein Cape gehüllt auf der Bank hockte und ihn seine Geschichte hervorsprudeln hörte.

»Nichts Besonderes. Wirklich nicht. Die Sache ist nur die, daß Chopper gestern abend, als ich nach Hause kam, gerade dabei war, sein Fahrrad auseinanderzunehmen. Sein nagelneues Fahrrad, das wir ihm zum Geburtstag geschenkt haben.«

Er versuchte, einen spöttischen Ton anzuschlagen.

»Jaja«, sagte er stolz, »mit Werkzeug kann er umgehen!«

Aber Mum versteht etwas davon, die Schwachstellen einer Geschichte herauszupicken.

»Ein nagelneues Fahrrad? Auseinanderzunehmen?«

Der Ausdruck von Stolz verflüchtigte sich. Er schüttelte den Kopf und starrte gequält vor sich hin.

»Exakt. Auseinanderzunehmen. Ein nagelneues Fahrrad! Blitzblank und unbenutzt! Und er nimmt es auseinander!«

Die nächsten Worte kamen so leise und erstickt heraus, daß ich kaum etwas verstand.

»Auf... seinem... nagelneuen... Teppichboden.«

Mum schnappte nach Luft. Ich nicht, denn ich hatte Choppers Darstellung dieses bedauerlichen Vorfalls in der Mittagspause bereits mehr als einmal vernommen. Ich sah, wie Mr. Chopperly sich zu Mum umdrehte. Seine Augen blitzten auf.

»Wer wollte denn unbedingt Teppichboden in seinem Zimmer haben? Er! Teppichboden würde das Zimmer wärmer machen, hat er gemeint. Ganz wild war er darauf!« Er rappelte sich hoch, und seine Stimme wurde lauter. »Und wer hat das Ganze bezahlt? Seine Mutter hat es bezahlt, die für den Teppichboden zwei volle Monate Überstunden gemacht hat. Zwei volle Monate!«

Jetzt wanderte er mit langen Schritten zwischen den Hakenreihen auf und ab.

»Was glauben Sie, wieviel Zeit es mich gekostet hat, den Teppichboden zu verlegen? Raten Sie mal! Und ich hab' gute Arbeit geleistet, verstehen Sie? Kein Heimwerkerpfusch. Solide Arbeit! Das ganze Wochenende hat es mich gekostet!«

Er schwenkte rechtsum wie auf dem Exerzierplatz.

»Ich bin ein guter Soldat. Zwölf Jahre war ich bei meinem Regiment. Zwölf volle Jahre! Ich hab' weiß Gott Erfahrung. Dreimal war ich in Nordirland. Dreimal! Schlappschwänze werden da nicht hingeschickt, verstehen Sie? Das ist kein Honigschlecken!«

Er starrte vor sich hin, versunken in Erinnerungen...

»Ich hab' damals schlimme Sachen gesehen. Weiß Gott schlimme Sachen –« Seine Stimme brach. »Aber der Teppichboden! Sie können sich nicht vorstellen, wie der aussah!«

Jetzt schnappte ich nach Luft. Ich war erstaunt, daß er so einen Wirbel machte. Chopper hatte mir gegenüber mehrmals betont: »Es war nur ein klitzekleiner Tropfen, kaum zu sehen. Den mußte man schon mit der Lupe suchen!« Und da stand Choppers Dad und ließ sich von meiner Mutter den Rücken tätscheln und besänftigende Worte ins Ohr flüstern, während er, jetzt wieder mit dem gleichen gequälten Blick wie zuvor, wie ein Schwachsinniger weiterfaselte: »Ganze Ölpfützen... hineingetreten... die Wände hochgespritzt! Riesige schwarze Fußspuren überall... ruiniert!« Und dann der Aufschrei, den ich in unserem eigenen Haus schon so oft gehört hatte: »Die sinnlose Zerstörung, das ist es! Das ist das Unerträgliche! Diese absolut sinnlose Zerstörung!«

Also, sie übertrieben wirklich. Ich ärgerte mich ziemlich, Choppers wegen. Ich dachte sogar schon daran, Marisas Cape zu entsteigen wie Aphrodite dem Meeresschaum und meinen Freund zu verteidigen, als Mum neben sich auf die Bank klopfte.

»Setzen Sie sich«, sagte sie zu Mr. Chopperly. »Setzen Sie sich. Ich werd' Ihnen was sagen. Hören Sie zu. Vorige Woche hat sich Estelle im Gästezimmer die Haare gefärbt. Was glauben Sie, was sie dabei alles ruiniert hat? Raten Sie mal!« Wie jemand, der ein kleines Kind ablenken will, sorgte sie erst dafür, daß Choppers Dad wieder neben ihr Platz nahm, bevor sie an den Fingern abzuzählen begann: »Ich sag's Ihnen. Zwei schneeweiße Tagesdecken, meterweise Tapete, einen kleinen Plüschbettvorleger, ihren Pullover, zwei Bücher aus der Bibliothek, zwei Handtücher und einen Waschlappen.«

Das war jetzt aber wirklich übertrieben! Die Bücher waren noch einwandfrei, wenn man es mit einigen etwas unleserlich gewordenen Beschreibungen nicht allzu genau nahm. Und den Waschlappen hatte ich inzwischen längst wieder benutzt (wohl oder übel – es ist meiner). Erneut wollte ich aufspringen und protestieren, aber ich kam nicht dazu, denn schon legte Mr. Chopperly wieder los.

»Das ist ja noch gar nichts! Letzten Samstag waren vier Mädchen bei Chopper. Ich war nur eine halbe Stunde weg. Eine halbe Stunde! Als ich zurückkam, war ein Heizkörper aus der Wand gerissen, das Telefon hatte einen Sprung, und obwohl Sadie und ich zweimal das ganze Haus abgesucht haben, konnten wir die Verlängerungsschnur für das Radio bis heute nicht wiederfinden.«

Mum warf mit einem Aufschrei den Kopf zurück.

»Das ist ja noch gar nichts! Vorgestern ging ich in Estelles Zimmer, und da sah ich...«

Ich geriet allmählich in Panik. Für die beiden mochte es ja ganz in Ordnung sein, dort zu sitzen und ihre Schauergeschichten auszutauschen, aber ich hatte eine Verabredung mit Chopper. Wenn es mir gelang, das Cape vom Haken zu heben, konnte ich möglicherweise darin eingehüllt bleiben wie in ein scheußliches Zelt, mich mit dem Hinterteil leise die Bank entlang zum nächsten Haken schieben, und so immer weiter, bis ich die Tür zu den Duschen erreichte. Es wurde immer später. Während ich mich auf den kritischen Punkt, nämlich das Loshaken des Capes, konzentrierte, drangen weitere Gesprächsfetzen an mein Ohr. Ich lauschte zwar nicht mehr, doch ich bekam sie automatisch mit.

»... ganz krank, daß ich kein Wort verstehe, wenn er spricht. ›Sprich deutlich!‹ sage ich ihm hundertmal am Tag. ›Nuschel nicht so! Wenn du etwas zu sagen hast, mach den Mund auf und sag es richtig‹...«

»... denkt nicht im Traum daran, zu fragen, ob man es ihr leiht...«

Es gelang mir, den Aufhänger vom Haken zu heben. Leise und vorsichtig schob ich mich Zentimeter für Zentimeter die Bank entlang und schnappte währenddessen weitere beleidigende Bruchstücke der Unterhaltung auf.

»... keinerlei Rücksichtnahme. ›Kannst du mich um neun abholen?‹ Man sagt ja, und schon heißt es: ›Wenn du mich abholst, kannst du dann auch gleich Flora heimbringen?‹ Und wenn man wieder ja sagt, kommt sofort: ›Können wir unterwegs noch rasch Floras Cello bei ihrem Dad abliefern?‹ Und dann...«

»... klopft niemals an... Platzt einfach rein...«

Beklagte sie sich etwa über mich? Das war ja wohl die Höhe! Aber es war noch immer nicht der

Moment aufzustehen und zu protestieren. Ich hatte bereits die Hälfte der Bank hinter mir. Die beiden waren so in ihren Großen Schimpfkonvent vertieft, daß sie es vermutlich nicht einmal bemerkt hätten, wenn plötzlich in dem Garderobenraum sämtliche Mäntel von ihren Haken geschlüpft und den Ausgängen zugestrebt wären.

»... und ständig irgend etwas wollen. Sehen nicht ein, daß man nicht alles haben kann. Und außerdem – wo um alles in der Welt würden sie's hintun?«

»In einem Moment verhalten sie sich ganz altersgemäß, im nächsten könnte man meinen, man hätte es mit Dreijährigen zu tun!«

Fast geschafft...

»... alles zigmal sagen, kennen Sie das auch? Man kann manchmal kaum glauben, daß sie überhaupt ein Hirn im Kopf haben. Mir braucht man etwas nur einmal zu sagen, dann weiß ich's.«

»... hätte nie gedacht, daß ich mal Zettel an meine eigenen Wände pinnen würde! Stellen Sie sich vor, gestern hab' ich doch tatsächlich einen ans Treppengeländer geklebt: *Niemand hat im Wohnzimmer, im Flur oder auf der Treppe herumzulungern.* Bei ›herumzulungern‹ hab' ich sogar noch ein Sternchen gemacht und unten druntergeschrieben: *Unter ›Herumlungern‹ ist jegliche Ak-*

tivität zu verstehen, die nicht eine Bewegung von einem Raum zum anderen beinhaltet.‹ Können Sie sich das vorstellen? Zettel – in meinem eigenen Haus! Ich hab' gedacht, so was wär' nur in der Kaserne nötig gewesen!«

Ich war schon drauf und dran, das Cape abzuwerfen und wegzurennen, als ich Mum sagen hörte: »O Gott! Wissen Sie, wieviel Uhr es ist?«

Sie standen auf. Mr. Chopperly war sichtlich wieder fast der alte. Mum schien ihn, ohne groß darüber nachzudenken, wieder ins Lot gebracht zu haben. Ich war ziemlich beeindruckt, als ich mir das klarmachte. Ganz schön clever, meine Mum. Hat keine Ahnung vom Militär, hat nie ein Gewehr in der Hand gehabt und nie gesehen, wie Männer unter Beschuß durchdrehen. Und doch hatte sie Choppers Dad im Handumdrehen so weit gebracht, daß er zu seinem Kampfgeist zurückfand. Er sprang jetzt förmlich vor ihr her, den langen hallenden Korridor entlang. Sogar sein Orientierungssinn schien wieder zu funktionieren. Sie eilte in seinem Kielwasser dahin, und ich folgte ihnen, bis wir den Haupteingang erreichten, wo ich auf leisen Sohlen abdrehte.

Ein Blick auf die Uhr an der Wand sagte mir, daß ich zu meiner Verabredung mit Chopper genauso zu spät kommen würde wie die meisten seiner Freundinnen. Und ich habe oft und laut genug gehört, wie er sich, seine Marmeladenbrote kauend, darüber ausließ.

So schnell ich konnte, spurtete ich die Treppe zur Empore hinauf.

7

Ich hatte mir eine ganze Menge Punkte in Choppers Freundschaftsregister verscherzt, soviel war sicher. Der Blick, mit dem er mich bedachte, als ich endlich die Tür aufstieß, war fast schon estellisch zu nennen.

»Wo warst du denn?«

Ich kroch, hinter die Brüstung geduckt, auf allen vieren zu ihm.

»Um ein Haar wär' ich geschnappt worden.«

»Ach, ja? Von wem denn?«

»Von meiner Mutter und deinem Dad.«

»Was?«

Er hörte auf zu schmollen. Er wühlte in seiner Hosentasche und förderte ein Pfefferminzbonbon zutage, als Friedensangebot. Es war von einem staubigen Flaum überzogen, aber ich nahm es trotzdem, um zu zeigen, daß keine unguten Gefühle zurückgeblieben waren.

»Was ist da unten los?« fragte ich mit einer Kopfbewegung zur Brüstung hin. »Hab' ich was versäumt?«

Chopper zuckte die Schultern und schaute ratlos drein.

»Ich werd' einfach nicht schlau draus«, klagte er. »Ich hab' die ganze Zeit genau zugehört, ehrlich. Ich hab' jedes Wort mitgekriegt. Aber wenn ich's richtig verstehe, erklärt Scotty den Eltern, wo die kleinen Kinder herkommen.«

»Jetzt hör aber auf!« gluckste ich.

Er zuckte nur erneut die Schultern.

»Rück mal«, befahl ich.

Gehorsam rutschte er zur Seite, um mir Platz zu machen. Ich wollte gerade das Auge an ein Loch in der Brüstung halten, das für ein längst vergessenes Kabel gebohrt worden war, als Chopper anfing zu schnüffeln.

»Wonach riecht's denn hier so komisch?«

»Nach Pfefferminz?«

Er schüttelte den Kopf. »Nein. Es ist irgendwas ganz Widerliches, wie vergammelte Blumen oder so.«

»Ach so, das! Das ist Marisas Parfüm«.

Chopper sah ganz entsetzt drein.

»Hast du Marisa etwa geküßt?«

Ich drehte mich zu ihm um und schaute ihn finster an. Er bekam eine volle Dosis Gammastrahlen ab, bevor er eine Entschuldigung murmelte. Erst dann wandte ich meine Aufmerksamkeit wieder dem Guckloch zu. Ich spähte hindurch und lauschte eine Zeitlang. Chopper hatte offenbar recht gehabt. Scotty stand vorn am Bühnenrand, schwenkte die Arme wie Windmühlenflügel in einem Orkan und gab den Eltern allem Anschein nach Aufklärungsunterricht. Ich versuchte, ganz Ohr zu sein, obwohl wir dieses Thema jetzt so oft durchkauen, daß ich mich praktisch darauf programmiert habe, auf Durchzug zu schalten, sobald ich etwas von Drüsen und Hormonen, von Trieben und Instinkten höre. Aber ich hörte mir Scottys Litanei so lange an, wie ich es aushielt. Dann gab ich auf.

Chopper saß mit einer imaginären Zigarre in der Hand gegen die Brüstung gelehnt da und blies Rauchringe.

»Schwafelt er schon die ganze Zeit so herum?« flüsterte ich.

Chopper nickte und zupfte sich einen imaginären Tabakkrümel von der Unterlippe, ehe er flüsternd erwiderte: »Labert über nichts anderes als über Hormone. Seine halbe Stunde Redezeit muß längst vorbei sein. Wirf mal eben einen Blick auf Miss Sullivan. Vor zehn Minuten sah sie aus, als hätte sie gute Lust, ihm den Hals umzudrehen.«

Ich schaute nach, und wieder hatte Chopper recht. Miss Sullivan saß in ihrem Gefängnisdirektorinnenblau kerzengerade da und sah aus, als hätte sie von all dem Unsinn über junge Leute und deren innere Stürme bereits mehr als genug gehört. Gerade als ich sie ins Visier nahm, rutschte sie ungeduldig auf ihrem Stuhl hin und her und schrammte ihn absichtlich über die Bühnenbretter.

Scotty verstand den Wink mit dem Stuhlbein.

»Soviel zu dem Problem im allgemeinen!« rief er. »Und jetzt zu unserem eigentlichen Thema: Wo liegt die Lösung?« Und schon legte er wieder los und zitierte wortwörtlich endlose Passagen aus dem Schulprospekt. Ich erkannte sie deshalb wieder, weil Miss Sullivan mich einmal zur Strafe eineinhalb Seiten davon auswendig lernen ließ, als sie mich dabei erwischt hatte, wie ich Hope Johnson die Haarnadeln herauszog.

Die Schule ist ein natürliches Forum für das Entstehen von Freundschaften. Verwirrende und peinliche Situationen ergeben sich jedoch vielfach daraus, daß Jungen, wenn auch in ihrer intellektuellen Entwicklung den Mädchen durchaus ebenbürtig, emotional einen wesentlich langsameren Reifungsprozeß durchmachen ...

Inzwischen sah Miss Sullivan so aus, als könnte allein rohes Fleisch sie noch zufriedenstellen. Sie bearbeitete mit ihren Stuhlbeinen den Boden, trommelte mit den Fingern auf ihrem Gefängnisrock herum und machte ein fürchterlich finsteres Gesicht. Es war völlig klar, daß etwas in ihr platzen würde, wenn Scotty sie nicht bald zu Wort kommen ließ.

Es geht nicht darum, aus Prinzip streng und altmodisch zu sein, sagte Mr. Scotbeg. *Vielmehr versuchen wir uns bei der Regulierung des sozialen Lebens der uns anvertrauten Jungen und Mädchen an die Regeln des gesunden Menschenverstandes zu halten.*

Er brach ab. Mehr hatte er nicht im Gedächtnis behalten. Er schaltete daher seine verbindliche Direktorsnummer wieder auf Stufe acht hoch und wandte sich mit einem Lächeln Miss Sullivan zu.

»Und ich glaube«, sagte er zögernd, »ich glaube, es könnte sein, daß Miss Sullivan dem möglicherweise noch ein Wort hinzufügen möchte ...«

»Na, so was!« murmelte Chopper neben mir.

Miss Sullivan erhob sich und stampfte mit wild funkelnden Augen zum Bühnenrand.

»Ich glaub', jetzt kommt das Beste«, sagte ich zu Chopper.

Er blies genüßlich einen Rauchring in die Luft und lächelte verklärt. Miss Sullivans Stimme schoß über die Brüstung wie eine gut gezielte Granate.

»Eltern!« rief sie. Ein erschrockenes Stuhlbeinerücken ertönte, als selbst jene, die Scotty vor Langeweile zu diskret schnarchenden Häuflein hatte zusammensinken lassen, mit einem Ruck wieder wach wurden. »Eltern! Wir leben in gefährlichen Zeiten! In äußerst gefährlichen Zeiten!«

Einige der Eltern, die ich in den vorderen Reihen sah, wandten die Köpfe und sahen einander an. Hatte die Frau den Verstand verloren? Miss Sullivan machte eine Pause, um Luft zu holen, und legte dann wieder los, nicht wie Scotty in den wohlgesetzten Worten eines sprechenden Schulprospekts, sondern am Bühnenrand auf und ab tigernd und die Augen rollend wie jemand, der sich verzweifelt wünscht, seiner geschlossenen Abteilung zu entkommen und die Welt vor den kleinen grünen Männchen zu warnen.

»Haben Sie an Ihren Kindern in letzter Zeit irgend etwas Ungewöhnliches bemerkt?«

Noch mehr Köpfe wandten sich einander unbehaglich zu, aber sie merkte es nicht. Sie schwadronierte weiter.

»Ihr Sohn, der doch immer so umgänglich und hilfsbereit und offen war – ist er jetzt neuerdings verschlossen und absonderlich? Hockt er jetzt stundenlang in seinem Zimmer?«

Eine Schockwelle lief durch den Saal. Es war erstaunlich. Normalerweise merkt man, daß die

Hälfte der Zuhörer dasitzt und überlegt, ob sie das Bügeleisen abgestellt hat, während die andere Hälfte daran denkt, was sie im Fernsehen versäumt. Jetzt aber saßen sie plötzlich in rauhen Mengen kerzengerade und mit gespitzten Ohren auf ihren Stühlen und lauschten angestrengt. Miss Sullivan hatte erst wenige Worte gesagt, und doch konnte ich selbst durch mein winziges Guckloch erkennen, daß die meisten von denen, die da vor ihr saßen, wie gebannt an ihren Lippen hingen.

»Ist Ihr Junge neuerdings linkisch und ungeschickt? Verschwindet er in seinem Zimmer, sobald Sie den Staubsauger aus dem Schrank holen oder von Abwasch reden? Stürmt er zur Tür herein wie ein Neandertaler?« Sie senkte die Stimme, bevor sie die nächste Ladung taktloser Bemerkungen folgen ließ. »Vielleicht ist er auch ohne jede Vorwarnung zu einem reizbaren, unverschämten Menschen geworden, der wegen jeder Kleinigkeit Streit anfängt. Und was macht er da oben, ganz allein in seinem Zimmer? Sie wissen es nicht, hab' ich recht? Manchmal kommen Sie allerdings vom Einkaufen oder nach einem langen Arbeitstag nach Hause und entdecken, daß er etwas absolut Wahnsinniges gemacht hat – daß er zum Beispiel auf seiner Tagesdecke seine Modellbauteile zusammengeklebt oder auf einem blitzsauberen, neuen Teppich sein Fahrrad auseinandermontiert hat.«

Ich spürte einen heftigen Stoß. Chopper hatte seine imaginäre Zigarre beiseite gelegt und versuchte mich von dem Guckloch wegzudrängen. Ich dachte an Widerstand, aber er war an der Reihe, und so rückte ich bereitwillig zur Seite.

»Sieh dir das an!« murmelte Chopper bitter. »Sieh dir bloß meinen Dad an! Der Mund steht ihm offen, und er nickt am laufenden Band mit dem Kopf wie ein Idiot! Anscheinend denkt er, sie meint ihn persönlich!«

»Was hat dein Dad da unten überhaupt zu suchen? Du bist doch gar nicht in der Achten.«

Doch Chopper ließ sich angewidert zu Boden sinken und gab keine Antwort. Um ihn aufzumuntern, gab ich ihm seine imaginäre Zigarre zurück. Dann hielt ich wieder mein Auge an das Guckloch. Miss Sullivan stand jetzt so dicht am Bühnenrand, daß es aussah, als könnte sie jeden Moment ins Publikum stürzen. Das wilde Funkeln in ihren Augen war noch da. Sie streckte einen Finger aus.

»Und all die anderen unter Ihnen!« rief sie. »Was ist mit Ihren kleinen Mädchen? Ziemlich verändert, nicht wahr? Verhalten sie sich merkwürdig? Möglicherweise sind sie mißgelaunt und schnippisch und widersprechen Ihnen ständig. Möglicherweise sind sie patzig, egoistisch, rücksichtslos, schließen sich stundenlang im Badezimmer ein und lassen überall ihre Sachen herumliegen, die andere dann hinter ihnen wegräumen dürfen.«

Chopper stieß mich an.

»Ich glaub', jetzt redet sie von deiner Schwester.«

Das dachte Mum anscheinend auch. Endlich hatte ich sie entdeckt. Sie hatte einen Platz an einem Gang gefunden und saß in atemloser Spannung auf der Stuhlkante, wie jemand, der darauf wartet, daß die letzte Zahl auf seiner Bingokarte ausgerufen wird. Die Köpfe rings um sie her nickten wie wild. Miss Sullivan schien sich mit Mädchen auszukennen.

»Ist das Zusammenleben mit ihr in letzter Zeit praktisch unmöglich geworden?« fragte sie. »Läuft sie in den unmöglichsten Sachen herum und erwartet von Ihnen, daß Sie sie darin aus dem Haus lassen, damit auch noch die Nachbarn sie sehen? Faucht sie Sie an, wenn Sie ganz freundlich mit ihr reden? Springt sie Ihnen ins Gesicht, sobald Sie ihr einen vernünftigen Rat geben?«

»Tatsächlich«, beharrte Chopper. »Sie redet wirklich von deiner Schwester.«

Miss Sullivan lachte kurz auf. Es war kein angenehmes Lachen. Wirklich kein angenehmes Lachen.

»Davon abgesehen«, sagte sie, »spricht sie vermutlich so gut wie gar nicht mehr. Vermutlich lächelt sie auch so gut wie gar nicht mehr.« Eilig verbesserte sie sich: »Jedenfalls im Umgang mit Ihnen. Mit ihren Freundinnen wird unentwegt gelächelt und geschnattert, da bin ich mir ganz sicher.«

»Tatsächlich«, fügte Miss Sullivan hinzu, »ist sie ihren Freundinnen gegenüber vermutlich so gesprächig, daß Ihre letzte Telefonrechnung Ihnen einen gehörigen Schock versetzt hat...«

Sogar an unserem Platz hinter der Brüstung hörten wir die Zuhörer verblüfft nach Luft schnappen. Chopper stieß mich erneut an und nickte, und mir fiel ein, daß er bei uns gewesen war, als Dad den gelben Umschlag mit der Aufschrift »British Telecom« aufgerissen und der armen Estelle einen Riesenkrach gemacht hatte. Und Chopper war nicht der einzige, der nickte. Unten im Saal gingen die Reihen der Köpfe auf und nieder, auf und nieder.

Chopper schob mich zur Seite.

»Schau sie dir an!« zischte er wütend. »Sie genießen's in vollen Zügen!«

Was hatte er nur? Er mochte sich mit seiner Mutter ja hie und da wegen seines gesellschaftlichen Lebens, das mit ihrem Schönheitsschlaf kollidierte, ein bißchen in die Haare geraten, aber das war doch noch gar nichts. Wenn Chopper wissen will, was ein richtiger Krach ist, dann muß er in die Beechcroft Avenue 27 ziehen und miterleben, wie Mum und die Hexe wie zwei Furien aufeinander losgehen. Was bei Chopper zu Hause passiert, ist wahrscheinlich das, was mein Dad meint, wenn er »einen freundschaftlichen Meinungsaustausch« vorschlägt. Chopper hat wirklich keine Ahnung.

»Reg dich nicht auf«, flüsterte ich. »Du darfst das nicht persönlich nehmen. Leute wie dich meint sie nicht. Das sind doch Achtkläßlereltern, keine Neuntkläßlereltern.«

Chopper wandte sich von dem Guckloch ab und warf mir einen sehr sonderbaren Blick zu.

»Wir sind doch deshalb hier«, erklärte er, »weil wir letztes Mal nicht bleiben konnten und nicht genug mitbekommen haben. Aber sie sagen genau das gleiche wie letztes Jahr. Und deshalb ist mein Dad hier aufgekreuzt. Letztes Mal hat er's verpaßt.«

Ein Glück, daß es keine echte Zigarre war, sonst wäre ich erstickt. Nicht nur, weil ich immer völlig perplex bin, wenn Chopper, der ja, wie ich vielleicht schon angedeutet habe, nicht besonders helle ist, etwas schneller erfaßt als ich. Was mich am meisten aus der Fassung brachte, war die plötzliche Erkenntnis, daß Mum und Dad die ganze Sache letztes Jahr schon einmal mitgemacht haben mußten. Damals hatten sie mich im Auge und dieselben Worte im Ohr gehabt. Was für Gefühle das weckt, ist nicht schwer zu erraten. Ziemlich miese, soviel ist sicher. Und dieses eine Mal werde ich eine Seite aus Miss Adulewebes Handbuch für gefühllose Schriftsteller herausreißen und offen zugeben, daß es mich schon ein bißchen ärgerte, wenn ich daran dachte, daß Mum und Dad mich jedesmal, wenn ich eine Zeitlang allein in meinem Zimmer war und in Ruhe an diesem Buch schrieb, zum verschlossenen, absonderlichen Stubenhocker erklärten, genau wie von dem berühmten Neurophysiologen Scotbeg und seiner Kollegin Sullivan, der weltbekannten Expertin in Sachen kurioses Teenagerverhalten, prophezeit.

»Unverschämtheit!«

Als guter Kumpel stimmte Chopper ein: »Die hat doch keine Ahnung! In alles muß diese Kuh ihre Nase stecken!«

Er näherte sich wieder dem Guckloch, aber ich stieß ihn zur Seite. Jetzt war ich wieder dran. Ich wollte mir noch einmal meine Mutter ansehen.

Was hatte sie da überhaupt zum zweiten Mal zu suchen? Daß sie nicht gewußt hatte, was an diesem Abend geboten wurde, konnte nicht sein, denn als sie und Choppers Dad endlich in der Tür zur Aula erschienen, waren Scottys Ausführungen über Hormone bereits in vollem Gange gewesen. Mum mußte also gemerkt haben, daß der Abend nicht nach dem gewohnten Schema ablief (bei dem Miss Sullivan mit ihrem Zeigestock herumfuchtelt und die Lehrplanänderungen des jeweiligen Monats erläutert, gefolgt von Scotty, der den Eltern in drohendem Ton etwas über die Abfälle vortrompetet, die sich am Schulzaun zu häßlichen Haufen türmen, sowie über den erhöhten Bedarf an Freiwilligen für irgendwelche Spendensammlungen). Warum war meine Mutter geblieben? Sie beklagt sich doch dauernd, daß sie so viel zu tun hat und daß ihre Aktentasche aus allen Nähten platzt. Warum war sie nicht sofort umgekehrt und wieder nach Hause gefahren, als sie gemerkt hatte, daß sie zum zweiten Mal bei genau demselben Vortrag zum Thema »Drüsen unter Dampf« gelandet war? Oft genug hatte ich sie dabei ertappt, wie sie heimlich in der Garage ihre Akten für den nächsten Tag studierte, bevor sie das Haus betrat. Wieso tat sie das jetzt nicht? Warum war sie noch hier?

Vor Neugier schier platzend, ortete ich sie erneut in der nickenden Menge. Sie saß noch immer auf der Stuhlkante und blickte zur Bühne. Ihre Kopfhaltung erinnerte mich stark an jemanden. Einen Moment lang wußte ich nicht, an wen, aber dann fiel es mir ein: Mum sah genau aus wie die Frau mit der roten Strickmütze, die jeden Samstag in der Einkaufspassage den Predigten des Walisers lauscht. Ich beobachtete sie, wie sie vorgebeugt dasaß, wie hypnotisiert, und endlich glaubte ich zu verstehen. Meine Mutter, die nie eine Kirche betreten hat, solange ich denken kann, war gekommen, um das Evangelium zu hören.

Das jetzt zur Warnung wurde. Denn Miss Sullivan richtete sich kerzengerade auf und wiederholte in einem Ton, der einem das Blut in den Adern gefrieren ließ: »Wir leben in gefährlichen Zeiten! Ich warne Sie: Seien Sie auf der Hut! Es kann jetzt jeden Tag passieren, daß sich Ihr Kind an Sie heranmacht...«

Sie trippelte ein paar Schritte über die Bühne, bis zu dem Pult, auf das Scotty die Ellbogen stützt, wenn er uns seine Strafpredigten hält, weil wir mit den Schnallen unserer Schultaschen die Farbe an den Korridorwänden zerkratzen oder weil wir unsere Schokoladenpapierchen fallen lassen, wo es uns gerade paßt. Sie wandte sich zum Publikum und sagte mit einer jung und weinerlich klingenden Stimme: »›Mu-um! Da-ad! Warum darf ich denn nicht bis zwölf wegbleiben? Das ist doch nicht spät.‹«

Ein paar Eltern kicherten. Sie wartete, bis wieder Ruhe eingekehrt war. Es war ihr ernst.

»Zwölf Uhr *ist* spät«, donnerte sie. »Zwölf Uhr ist sogar *sehr* spät!« Sie fixierte die Zuhörer mit ihrem Klapperschlangenblick. »Geben Sie auf keinen Fall nach!« befahl sie ihnen. »Denken Sie nicht einmal im Traum daran, nur weil Sie an dem Tag vom Streiten genug haben. Denn am nächsten Tag werden Sie wie gerädert sein, und Sie müssen das ganze verlorene Terrain wieder zurückerobern.« Sie hielt inne, um ihre Argumente in die Köpfe eindringen zu lassen. Alle saßen in gespannter Aufmerksamkeit da. Es herrschte absolute Stille. Selbst Scotty wirkte wie erstarrt. Und als sie weitersprach, tat sie es mit gesenkter Stimme. Ihr verschwörerisches Flüstern lief durch den Saal und aufwärts, weiter aufwärts, über die Brüstung, wie ein eisiger Wind.

»Denn Ihre Kinder sind gerissen«, warnte sie, »ganz außerordentlich gerissen. Sie werden alles tun, um Sie herumzukriegen. Zum Beispiel so . . .«

Sie neigte den Kopf und hielt sich die gekrümmte Hand ans Ohr, wie um ihrer eigenen Herumkriege-Imitation zu lauschen.

»›Mum! Dad! Ihr habt ja keine Ahnung, was bei uns in der Schule so läuft. *Alle* dürfen rauchen . . .‹«

Ihre Hand krachte auf das Pult nieder.

»*Niemand* darf rauchen!«

Wieder neigte sie den Kopf und hielt die Hand ans Ohr, um sich ihre Überredungskünste anzuhören: »›*Alle* dürfen Alkohol trinken . . .‹«

Die Hand krachte erneut herab.

»*Niemand* darf Alkohol trinken!«

Zum dritten Mal hielt sie die Hand ans Ohr, als horchte sie auf das ferne Blöken eines einsamen, verirrten Lammes.

»›Aber Mum! Dad! *Alle* dürfen in die Diskothek . . .‹«

Die Hand sauste so heftig nieder, daß ich dachte, sie würde das Pult zerschmettern. Sie war puterrot im Gesicht.

»*Niemand* darf in die Diskothek! Einigkeit macht stark. Sie müssen *alle zusammenhalten!*«

Der ganze Saal war wie elektrisiert. Man hätte glauben können, jeder einzelne sei mit einem Viehhüterstock angestupst worden, so fuhren sie auf ihren Stühlen hoch. Die Frauen setzten sich noch aufrechter, die Ellenbogen mancher Männer schnellten seitwärts. Ich konnte mir nicht denken, weshalb, bis ich merkte, daß sie ihre Krawatten zurechtrückten. Ganz deutlich sah ich, wie Choppers Dad einen militärischen Gruß unterdrückte. Sie hatte ihnen ganz schön Dampf gemacht. Das war nicht nur eine Moralpredigt. Es war ein Schlachtruf. Jetzt begriff ich auch, warum es Mum ein zweites Mal zu diesem mitreißenden Vortrag über die Themen »In Schutz und Trutz zusammenstehen« und »Wer wagt, gewinnt« gezogen hatte. Der monatelange Ärger mit Estelle hatte ihr das Mark aus den Knochen gesogen. Miss Sullivan auf die Pauke hauen zu hören war vermutlich die schnellste Methode, wieder in Form zu kommen. Erst jetzt wurde mir klar, was Eltern-Sein bedeutete. Es mußte so sein, als gehörte man einer riesigen Fußball-Nationalmannschaft an – Eltern gegen Kinder –, für die täglich Spiele angesetzt werden. Bauen die Eltern ab, bricht ihre Torbilanz zusammen. Ehe sie sich's versehen, steigen sie ab, sind aus der Liga raus und verlieren ihre wichtigsten Spieler (etwa die Warnung vor Drogen, ungeschütztem Sex und durchfeierten Nächten).

Nicht so die Achtkläßlereltern der Wallace-Schule! Sie schienen zum Comeback bereit, so wie sie aufsprangen und in die Mantelärmel fuhren. Die Versammlung war zu Ende, und sie konnten es kaum erwarten, nach Hause zu kommen. Nichts von dem üblichen Herumstehen und Plaudern. Sie strömten so rasch aus dem Saal, als sei Miss Sullivans letzter schallender Gute-Nacht-Ruf das Heulen einer Feuersirene gewesen.

Ich stieß Chopper an. Seufzend drückte er seine Zigarre in einem imaginären Aschenbecher aus, und wir schlichen zusammen die Treppe hinab und über den Umweg am Chemie- und Physiksaal vorbei zum Hinterausgang. Draußen schlängelten wir uns zwischen den Mülltonnen durch, und an der Ecke bei den Küchen blieb ich im Schatten der Hauswand vorsichtig stehen.

»Wir warten lieber noch ein bißchen«, warnte ich Chopper.

Er schnaubte.

»Die sehen uns nie im Leben. Schau sie dir doch an!«

Ich schaute sie mir an. Chopper hatte recht. So etwas hatte ich noch nicht gesehen. Noch ganz erfüllt von dem Gehörten, gingen sie mit großen Schritten und entschlossenen Mienen zu ihren Autos. Ein paar von ihnen schienen sich sogar bereits murmelnd in Selbstbehauptung für den nächsten Krach zu üben. »Zwölf Uhr *ist* spät. *Sehr* spät sogar! *Niemand* raucht. *Niemand* trinkt Alkohol. Und *niemand* geht in die Diskothek!«

Autotüren schlugen zu wie Maschinengewehrfeuer, Motoren heulten auf, und Reifen quietschten. Mum war als erste weg. In einer Wolke von Auspuffgasen schoß sie davon. Ich blickte dem Wagen nach, wie er um die erste Biegung der schmalen Straße verschwand, und drehte mich erst wieder um, als Chopper mir auf die Schulter klopfte.

»Was ist ihre Bestzeit, von hier bis nach Hause?«

Ich zuckte die Schultern.

»Keine Ahnung. Fünf Minuten? Viereinhalb?«

Er zog die Augenbrauen hoch.

»Heute abend stellt sie bestimmt einen neuen Rekord auf. Sie fährt wie Miss Adulewebe.«

»Tschüs, Chopper!«

Weg war ich. Ich war nicht besonders scharf darauf, Mum in allen Einzelheiten zu erklären, wo ich gewesen war, und ich konnte nur dann vor ihr zu Hause sein, wenn alle Ampeln zwischen der Schule und der Beechcroft Avenue wie durch ein Wunder auf Rot schalteten, sobald sie sich näherte, und wenn bei Budgens ein großer Lastwagen rückwärts an die Laderampe heranfuhr, so daß sie anhalten mußte. Das war praktisch meine einzige Chance. Zwischen hupenden Autos lief ich den Weg hinab. Ein paarmal wurde ich fast überfahren. Das letzte, was ich von Chopper sah, war, wie er auf der Mauer entlangbalancierte. Zum Abschied ließ er noch einmal sein ›Rollige Katzen‹-Miauen ertönen.

Wie ein Verrückter vorwärtsstürmend, miaute ich zurück.

8

Normalerweise springe ich mit einem Satz über die Gartentür. Aber nach einem Vier-Minuten-Sprint von der Wallace-Schule bis zur Beechcroft Avenue sieht die Sache anders aus. Bis zum Acacia Lane hat man Flügel an den Füßen, aber dann geht es die ganze Zeit bergauf, und bis man zu Hause anlangt, ist man so kaputt, daß man kaum noch den muffysicheren Riegel öffnen und sich hineinschleppen kann. Nichts von drüber wegfliegen. Das ist etwas für Vögel.

Muffy mußte auf das Klicken des Riegels gelauert haben. Denn kaum hatte ich ein paar Schritte über den Rasen getan, um mich mit einem Blick durch das schmutzstarrende Garagenfenster davon zu überzeugen, daß ich Mum tatsächlich abgehängt hatte, da sah ich eine kleine Gestalt im gelben Zwergenanzug aus der Hintertür und über das Gras auf mich zu flitzen.

Ich streckte die Arme aus, um sie aufzufangen und wie gewöhnlich im Kreis zu schwenken. Aber sie schlüpfte darunter durch und warf sich gegen mich. Sie umklammerte meine Beine, als wäre ich ein riesiger Baumstamm, so fest, daß ich mich nicht mehr rühren konnte.

Ich tätschelte ihren Haarschopf.

»Muffy?«

Kein Wort, versteht sich. Aber ein um so festerer Klammergriff.

»Haben Dad und Estelle Krach?«

Sie nickte gegen meinen Oberschenkel. Es ist komisch: Obwohl wir beide wachsen, halten wir immer miteinander Schritt. Sie wird ein bißchen größer und ich auch. Eines Tages werde ich natürlich aufhören zu wachsen, und sie wird noch ein ganzes Stück weiterwachsen. Aber im Moment kommt es mir so vor, als würden, solange ich zurückdenken kann, die kleinen Schneckenspuren, die sie auf meiner Hose hinterläßt, genau über meinen Oberschenkel laufen, wann immer ich eine weinende Muffy von meinen Beinen losmache, um sie mir genauer anzusehen.

Ich putzte ihr mit einem alten Papiertaschentuch die Nase.

»Ist Mum schon da?«

Sie schüttelte den Kopf und klammerte sich noch fester an mich. Aus Estelles Fenster schallte das Duett herab, das wir seit einem Jahr so häufig hören.

»Sei doch vernünftig, Estelle! Du mußt doch zugeben –«

»Sag mir nicht immer, was ich denken soll!«

Ich löste Muffys Griff und hielt sie so weit von mir weg, daß ich mich vor ihr auf die Fersen kauern konnte. Ich streckte die Hand aus, um ihr Kinn anzuheben und sie mir genauer anzusehen. Die Tränenspuren auf ihren Wangen waren getrocknet, aber sie wirkte blaß und angespannt. Ich nahm sie wieder in die Arme und drückte sie fest. Sie faßte mich mit einem Würgegriff um den Hals und vergrub ihren Kopf an meiner Schulter. Sie roch nach etwas Milchigem, Vertrautem. Einen Moment lang wußte ich nicht, was es war, doch dann ging mir ein Licht auf. Die beiden da oben waren so in ihre Streitereien vertieft gewesen, daß keiner von ihnen daran gedacht hatte, Muffy etwas zu essen zu machen. Und Muffy ist vier! Sie darf nicht allein den Herd anstellen, Dosen öffnen oder ein Messer benutzen. So hatte sich die arme Muffy wieder einmal mit Cornflakes begnügen müssen, genau wie ich an all den Tagen, an denen morgens alle so damit beschäftigt sind, sich mit Estelle herumzustreiten, daß keiner sich um mein Essensgeld kümmern kann.

Und mit einemmal wurde ich wütend. Es kam so plötzlich, daß es mich selbst überraschte. Wut ist etwas, was ich bis dahin noch nicht oft empfunden hatte, und so erging es mir wie William Saffery an dem Tag, als ihn schließlich der Zorn packte: Es dauerte einen Moment, bis ich den anschwellenden Klumpen Wut in mir, dieses Gefühl, das mir den Hals zuschnürte, überhaupt erkannte. Mir zitterten die Hände, und meine Knöchel wurden weiß. Ich war so wütend, daß ich an mich halten mußte, um Muffy nicht so fest zu drücken, daß sie blaue Flecken bekam. Und erstaunt war ich auch. Denn Wut ist in meinen Augen nicht gerade etwas, was zu mir gehört. Extreme Gefühle, extreme Stimmlagen, extreme Launen – alles Dinge, die ich mir für gewöhnlich eher aus der Ferne ansehe. Nicht meine Welt. Auf jeden Fall bin ich es nicht gewöhnt, daß sie in mir hochsteigen und mich völlig durcheinanderbringen, so daß ich mich über mich selbst wundere und nicht weiß, was ich sagen oder tun soll. Schließlich bin ich der ruhende Pol in der Familie, Dads guter Junge und Mums Engel, derjenige, auf den sie sich verlassen können. Mit flammenden Ausbrüchen habe ich so gut wie gar keine Erfahrung. Die Rede ist hier von Will Flowers. Jawohl, Will Flowers. Der für gewöhnlich ruhig in der ersten Reihe sitzt und die Zornesausbrüche der berühmten Estelle bewundert.

Doch was jetzt in mir tobte, war ein so heftiges

Gefühl, daß ich über mich selbst verblüfft war. Wie Will in seinem Schützengraben hätte ich einen Sturm entfesseln können. Ich weiß, er hatte bessere Gründe, das steht außer Frage. Er hatte gerade herausgefunden, daß er in übelster Weise betrogen worden war – von seinem eigenen Land. Eines Abends war er auf Rattenjagd in seinem Unterstand umhergestolpert, als sein Bajonett einen versteckten Sack traf. Er riß den vermoderten Stoff auf.

»Was ist da drin? Briefe?«

Er sah sie sich im trüben Licht genauer an.

»Mein Gott! Das sind ja unsere! Briefe, die wir vor Wochen geschrieben haben! Sie sind aus dem verfluchten Graben nie herausgekommen!«

Kaum einer von den Männern blickte auf. Streaky fuhr fort, seine Socken über einer Kerze zu trocknen. MacFies Daumennagel schloß sich seelenruhig über der Laus, die er soeben mit der Hitze seines eigenen Kerzenstummels so sorgsam seine Hemdnaht entlanggetrieben hatte. Keiner der Männer in den Maschendrahtkojen öffnete auch nur die Augen. Und all die anderen, die gegen die Ausrüstungsstapel gelehnt am Boden saßen, fuhren fort, ihre Karten auf die Keksdosen zu knallen, die sie als Tische benutzten, oder an ihren Zigaretten zu ziehen und still ins Leere zu starren, als hörten sie nichts anderes mehr als das stetige Tropfen ringsum oder die dumpfen Einschläge der Granaten in der tonnenschweren Erdschicht über ihnen. Begriffen sie denn nicht? Oder hatten sie bereits geahnt, daß dies nur ein weiterer Trick war, um sie vor Angriffen ruhigzustellen? Man lasse jeden Mann einen Brief schreiben. Er hat genug gesehen, um zu wissen, daß es sein letzter sein kann. Also muß er sich Gedanken machen. Und die macht er sich besser über seine Liebste, seine Familie und sein Zuhause als darüber, was jetzt zu tun war, und was mitten in der Nacht passieren würde, wenn die Befehle weitergegeben wurden.

»Die Briefe sind aus dem verfluchten Graben nie herausgekommen!«

Neben ihm zuckte jemand die Schultern. Und wenn schon! Entweder ein Mann kehrt zurück – dann schreibt er einen neuen Brief –, oder er kehrt nicht zurück, und dann bekommt seine Familie ein Telegramm von so grausamem Inhalt, daß ein Brief, der irgendwo in Frankreich in einem Sack vermodert, sie wohl kaum noch interessieren wird. Wozu also trommelt Will mit den Fäusten gegen die glitschigen Wände des Unterstandes und brüllt wie ein Verrückter: »Einfach hier druntergeschoben, wo niemand sie sieht! Nicht einmal hinter die Linie geschafft, wo sie in Sicherheit wären. Wie viele Säcke liegen da? Wie viele noch?«

Er grub jetzt die Fingernägel in die Wände und riß daran, so daß ein Regen von durchweichten Erdklumpen auf die anderen niederging.

»Hör schon auf, Will!«

»Beruhige dich doch!«

»Schlimm genug, daß wir in diesem stinkenden Loch festsitzen, da braucht nicht noch irgendein Idiot die Wände einzureißen!«

»Die daheim sitzen bestimmt schön im Trockenen...«

Ein allgemeines Murren lief durch den Unterstand, und plötzlich hatte jeder etwas auszusetzen. »Ratten im Corned beef!« – »Meilenweit durch den Schlamm geschleppt! Kann gar nicht funktionieren, wenn es endlich bei der Einheit landet!« – »Natürlich keine Zünder mitgeschickt!« – »Aus Draht...« Doch die besänftigende Litanei der Klagen ließ William Safferys Zorn nicht abebben. Seine Schultern bebten. Seine Augen glühten wie die Zigarette, an der Asprey ein letztes Mal zog. Und in ohnmächtiger Wut stieß er die Worte hervor: »An alles denken sie in diesem verfluchten Krieg, nur nicht daran, wie sie verdammt noch mal damit Schluß machen!«

Genauso wütend war ich auch. Noch wütender. Was bei uns zu Hause passierte, war vielleicht nicht so weltbewegend wie ein richtiger Krieg, aber uns allen ging es dabei schlecht genug. Auch meine Schwester stürzte unser Heim ins Chaos! Monat für Monat hatten wir jetzt ihre Übellaunigkeit und ihre Szenen über uns ergehen lassen. Sie hatte uns allen so auf den Nerven herumgetrampelt, daß Muffy und ich kaum noch zum Zuge, geschweige denn in den Genuß einer anständigen Behandlung kamen. Wie lange war es her, daß jemand auch nur fünf Sekunden Zeit gefunden hatte, mir mein Essensgeld zu geben? Ein halbes Jahr! Plötzlich reichte es mir. Konnte man das bei Estelle noch Heranwachsen nennen? Es glich eher einer Explosion. Es mag ja sein, daß man auch mit mir ab und zu seine Probleme hat, zum Beispiel wenn ich aus allen Hosen herauswachse. Aber Estelle wächst aus sich selbst heraus. »Ein bißchen gernegroß«, nennt Granny es. Und wieso sollten Muffy und ich uns alles, aber auch alles gefallen lassen, von morgens bis abends, ganz nach Estelles Launen? Das war doch lachhaft. Sie war allein, und wir waren zu viert. Und womit verbrachten wir unsere Zeit? Mum versuchte auf einem Elternabend neue Energie und Entschlossenheit zu tanken, Dad lieferte sich oben mit Estelle stundenlange Gefechte, ich spähte durch Gucklöcher, und Muffy war unbeachtet und ungefüttert bis weit über ihre Schlafenszeit hinaus auf. Ich sah ihr schon am Gesicht an, daß sie dort auf der Schwelle genauso verzweifelt auf das Klicken der Gartentür gelauert hatte wie William Saffery auf das Rumpeln und Knirschen, mit dem die angekündigte Verstärkung anrollte.

Es ist schon schmeichelhaft zu wissen, daß man für jemanden der Retter in der Not ist. Es wurde Zeit, daß ich dieser Rolle auch gerecht wurde. Ich hob Muffy hoch, um sie ins Haus zu tragen und wohlbehalten vor *Rumpelstilzchen* abzusetzen. Ich wollte Dad und Estelle sagen, was ich von ihnen hielt. Doch in diesem Moment kam mit quietschenden Reifen ein Potential an Kampfkraft angebraust, das ich in tausend Jahren nicht hätte mobilisieren können.

Mum.

Das wilde Zuschmettern der Wagentür sprach Bände. Und man brauchte nur ihren finsteren Gesichtsausdruck zu sehen, um zu wissen, daß sämtliche Ampeln auf dem Weg von der Wallace-Schule bis nach Hause auf Rot geschaltet hatten, sobald sie näher kam, und daß der große belgische Lastwagen, der Budgens den Joghurt bringt, an der Laderampe quer gestanden und die Straße an der Ecke blockiert hatte.

Muffy fackelte nicht lange, sondern steckte augenblicklich ihren Kopf unter meinen Pullover. Und Mum hielt sich nicht erst mit freundlichen Begrüßungsworten auf, sondern kam sofort zur Sache.

»Wo ist deine Schwester?«

Ich wies mit einer Kopfbewegung nach oben. Noch immer tönten einzelne Passagen des Duetts herab.

»Ich lasse nicht zu, daß eines meiner Kinder sich zu nachtschlafender Zeit auf der Straße herumtreibt...«

»Du hörst ja nicht mal zu, Dad!«

Ich wandte mich zu Mum um. Die Wut war nicht verraucht. Sie war noch stärker, glühender, noch mächtiger geworden.

»Das muß aufhören!« schrie ich. »So geht das nicht weiter!«

Sie drehte sich um und starrte mich an.

Ich war über mich selbst überrascht, doch ich schrie weiter, aus Leibeskräften.

»Der reinste Krieg ist das! Und nie ist Schluß damit! Eine einzige, endlose Schlacht, Tag für Tag, Woche für Woche, Monat für Monat! Wie lange geht das jetzt schon so? Zwei Jahre? Drei? Vier?«

Hatte ich bis dahin geschrien, so brüllte ich jetzt regelrecht. Sogar die Stimmen in Estelles Zimmer waren verstummt. Doch ich dachte gar nicht daran, meine Lautstärke zu mäßigen. Dad und Estelle sollten mich ruhig hören. Und in meinem Zorn sprudelten Dinge aus mir heraus, von denen ich bis dahin gar nicht gewußt hatte, daß ich sie überhaupt dachte.

»Wir brauchen Ruhe und Ordnung in diesem Haus!« Ich wies mit einer Kopfbewegung auf den Höcker, den Muffys Kopf unter meinem Pullover bildete. »Wir müssen doch irgendwo leben können, wo niemand sich dauernd unter anderer Leute Pullovern verkriechen muß, nur um sich ein kleines bißchen sicherer zu fühlen – wenn schon nicht ganz sicher. Ich werd' dir sagen, was wir brauchen. Wir brauchen Frieden, alle miteinander.«

Ich spürte, wie Muffy unter meinem Pullover zu zappeln begann.

»Pssst, Will, pssst. Nicht so schlimm.«

Aber es war schlimm. O ja, ich hatte für Estelle mein Leben lang Loyalität empfunden. Schließlich ist sie meine Schwester. Aber jetzt wollte ich, daß sie ein für allemal in ihre Schranken gewiesen wurde, daß sie vernichtend geschlagen wurde. Es reichte mir, genau wie William Saffery. Und ich war nicht bereit, mich noch länger abwimmeln zu lassen.

»So geht das nicht weiter«, brüllte ich erneut. »Ich hab' die Nase voll, und Muffy auch.«

Ich schüttelte ihren Kopf aus meinem Pullover.

»Stimmt's?« fragte ich genau wie Estelle.

Einen Moment lang war ich mir ihrer Unterstützung nicht sicher. Doch dann nickte sie stumm, und ihre Augen füllten sich mit Tränen.

»Siehst du?« triumphierte ich. »Siehst du?«

Stille. Mum sagte nichts, und auch sonst war kein Laut zu hören. Nach ein paar Augenblicken hörte ich ein leises Husten aus dem Nachbargarten. Es schien den Bann zu brechen. Mum holte tief Luft und strich sich das Haar aus dem Gesicht. Sie blickte Muffy an, und dann blickte sie mich an. Und dann, noch immer ohne ein Wort zu sagen, drehte sie sich um und ging mit raschen Schritten zum Haus.

Ich nahm Muffy auf den anderen Arm.

»Komm«, sagte ich grimmig. »Wir schauen uns das von den rückwärtigen Linien aus an. Das ist schließlich mein Job als Kriegsberichterstatter. Die Bilanz der Siege und Verluste.«

Ich trug sie hinter Mum her durch die Küche. Auf der Treppe holten wir sie ein. Sie hatte gar nicht erst haltgemacht, um bei Estelle anzuklopfen, sondern einfach mit der Faust gegen die Tür geschlagen, so daß sie aufsprang. Muffy und ich kamen gerade rechtzeitig, um zu sehen, wie sich die schiere Verblüffung auf Dads Gesicht malte, als Mum auf der Schwelle erschien.

Mum sprach zuerst.

»Was ist hier los?«

Ihre Stimme klang eiskalt. Dad fiel unter ihrem Blick zusehends in sich zusammen, während Estelle sich mit finster dräuender Miene aufrichtete.

Mum wandte sich ihr zu.

»Stiehlst du deinem Vater etwa immer noch die Zeit mit deinem Gezeter wegen dieser Party?«

Dad schaute ganz entsetzt drein. Er ist der Meinung, daß man in unserer Familie über jedes Problem zumindest diskutieren kann. Ehe Estelle überhaupt den Mund aufmachen konnte, fuhr er bereits dazwischen, um sie zu verteidigen.

»Bridget, bitte! Estelle und ich sitzen hier nur und plaudern ein bißchen –«

Mum hörte gar nicht zu. Sie walzte über ihn hinweg. Sie mähte ihn nieder.

»Du gehst nicht zu dieser Party, Estelle, verstanden? So einfach ist das. Da gibt es keine Diskussionen. Das Ganze war von vornherein eine Schnapsidee, und niemand in dieser ganzen Familie wird dir auch nur eine Minute länger den Gefallen tun, sich deswegen mit dir herumzustreiten.

Du kannst es also sofort wieder ausziehen, dieses –«

Sie zeigte auf die aufreizende schwarze Bluse, die von Estelles Schulter glitt. Die Worte fehlten ihr.

»Dieses Ding da.«

Ihr Finger wanderte abwärts zu dem zerfransten Rock.

»Und das Ding da auch.«

Und weiter abwärts zu den Netzstrümpfen.

»Und die da ebenfalls! Und dann kannst du alles in Muffys Verkleidungskiste packen, wo es hingehört. Und dann kannst du dir deinen schönen warmen Morgenrock und deine Hausschuhe anziehen und zum Abendbrot herunterkommen, bevor du ins Bett gehst!«

Dad hatte es gründlich die Sprache verschlagen, doch Estelle keineswegs. In ihrer Empörung sprang sie aufs Bett, mit den schwarzen Wildlederstiefeln auf die Tagesdecke. Bebend vor Zorn hüpfte sie auf und nieder.

»Das kannst du nicht machen! Das kannst du mir nicht antun! Ich bin kein Kind mehr! Hör endlich auf, mich wie ein Baby zu behandeln!«

Sie wandte sich hilfesuchend an Dad.

»Dad! Sie soll aufhören! Sag ihr, sie soll aufhören! Niemand wird von seiner Mutter so behandelt wie ich. Niemand! Niemand kriegt dauernd alles verboten. Andere Eltern reiten nicht dauernd darauf herum, wie spät zwölf Uhr ist, und reden nicht dauernd von Zigaretten und Alkohol. Und alle anderen dürfen in die Diskothek!«

Ich dachte, ich hatte gebrüllt. Aber weit gefehlt: Wer Estelle nicht gehört hat, der hat nur ein Flüstern gehört. Wenn Estelles Stimme erschallt, fällt der Putz von den Wänden, bekommen Mauern Risse. Chopper und ich machen nicht zum Spaß das Kreuzzeichen vor ihr, um uns zu schützen. Estelle in einem Wutausbruch – ein Anblick zum Fürchten.

Dieses eine Mal aber übertraf Mum sie noch. So etwas hatte ich noch nie gesehen. Es war erstaunlich. In einer plötzlichen Vision sah ich Estelle vor mir, wie sie in zwanzig Jahren aussehen wird. Die beiden waren einander ungeheuer ähnlich. Ich glaube, ich hatte bis dahin nie bemerkt, daß sie das gleiche schwarze Haar haben, die gleichen grünen Augen, die gleichen Hexenzeigefinger. Aber noch ist Mum zehn Zentimeter größer als Estelle. Und Mum besitzt Autorität. Sie richtete sich hoch auf und bedachte Estelle mit einem so vernichtenden Blick, daß ich praktisch stehenden Fußes zusammenschrumpfte, allein durch den Fall-out. Sie sah genau aus wie die böse Königin in *Schneewittchen,* wie sie vom Spiegel die schlechte Nachricht erfährt. Der finstere Ausdruck in ihrem Gesicht hätte Glas zerspringen lassen, das Glitzern in ihren Augen einen Waldbrand entfachen, der Stahl in ihrer Stimme Menschen niederstrecken können.

Der Hexenzeigefinger fuhr tief in Estelles Herz.

»Niemand raucht«, verkündete Mum. »Niemand trinkt Alkohol. Und niemand geht in die Diskothek!«

Dads Mund ging auf – und augenblicklich wieder zu. Er kennt die Kapitulationsbedingungen, wenn sie bekanntgegeben werden. Und Estelle auch. Sie landete noch einmal auf dem Bett, murrend und vor sich hin murmelnd wie eine böse Fee, die bei einem Zauberwettbewerb durchgefallen ist. Mum ließ sie stehen, machte auf dem Absatz kehrt und rauschte aus der Tür. Als sie an mir vorbeikam, sagte sie: »Und was dich betrifft...«

Noch ehe Muffy mir die Ohren zuhielt, damit ich nichs hörte, hallten bereits ein Dutzend Fortsetzungen in meinem Kopf wider. »Und was dich betrifft, Will Flowers, sei froh, daß du überhaupt eine Familie hast. Es gibt so viele Kinder auf der Welt, die...« – »Und was dich betrifft, stell dich nicht so an. Sei froh, daß wir nicht wirklich Krieg haben...« – »Und was dich betrifft, wenn du ein bißchen mehr Mumm in den Knochen hättest, dann wüßtest du, was deine Schwester durchmacht...« – »Und was dich betrifft...«

Ich umklammerte das Geländer, und in meinem Kopf drehte sich alles. Waren es Schuldgefühle? Schließlich war es meine Schuld, daß Mum Estelle so fertiggemacht hatte. Oder war es wieder diese fürchterliche Wut? Ich bekam feuchte Hände und atmete schwer. Mir zitterten sogar die Knie. Ich sank auf die oberste Stufe, und Muffy glitt aus meinem Griff, tat ein paar Schritte am Geländer entlang und sah mich beunruhigt an. Was um Himmels willen war eigentlich los?

Dann wußte ich es plötzlich. Mit einemmal war alles klar. Ich wußte jetzt, warum ich Monate hindurch von William Safferys Buch wie besessen gewesen war, warum ich Abend für Abend darin gelesen und kein anderes Buch mehr aufgeschlagen hatte. Ich wußte jetzt, warum ich zugelassen hatte, daß meine Schwester diesen Haushalt in ein Schlachtfeld verwandelte, warum ich kaum je den Mund aufgemacht hatte, wenn ich niemanden fand, der mir bei den Hausaufgaben half, und wenn ich Tag für Tag alte Karottenbrote zu Mittag essen mußte. Ich wußte jetzt, warum ich bis zu diesem Tag nie für das eingetreten war, was ich mir wünsche: Frieden, Ordnung, ein ruhiges Leben.

Ich bin wie William Saffery. Ich bin ein Feigling.

So. Jetzt ist es heraus. »Endlich hab' ich's gesagt. Was ist so tapfer daran, sich für eine Sache einzusetzen, an die man gar nicht glaubt? Zum Tagträumen, was man den großen Tieren sagen wird, wenn man sie übers Schlachtfeld führt, gehört kein Mut. Man weiß ja, daß es nicht geschehen wird. Träumen kann jeder. Und aus dem Graben stürmen wie ein Schaf, nur weil andere zuschauen, zeugt auch nicht unbedingt von Courage. Vielleicht sind einige von diesen anderen wie Estelle und verachten einen für die Schwäche, die man zeigt. Ich fange an, ihr recht zu geben. Wenn man nicht wirklich davon überzeugt ist, daß das, was man tut, nicht nur richtig, sondern auch vernünftig ist, dann sollte man es besser lassen. Das ist die wahre Tapferkeit.

Je länger ich dort saß und über William Saffery nachdachte, desto weniger imponierte er mir. Um solche Zweifel zu hegen, brauchte man nicht sehr tapfer zu sein. Er nahm für sich in Anspruch, Auge und Ohr des Krieges zu sein, er schrieb ihn nieder, er war der ideale Kriegsberichterstatter. Er war nicht dumm und sah das Ganze als das, was es war – ein idiotisches, unnützes Chaos. Aber er tat nichts. Sätze, die ich tausendmal gelesen hatte, kamen mir wieder in den Sinn. »Um mich herum sah ich all diese Männer, die keine andere Wahl hatten, als hierzubleiben, und ich wußte, daß meine Rettung in meiner eigenen Hand lag. Ich brauchte nur hundert Meter hinter die Linien zu gehen und zu sagen, wie alt ich in Wirklichkeit war.« Warum tat er es nicht? Es war ein endloser Sommer. Hunderttausendmal mußte er überlegt haben, was geschehen würde, wenn er einfach sein Gewehr in den Schlamm warf, seinen Platz in der Linie verließ, dafür sorgte, daß genug Zeugen um ihn herumstanden, und dann die magischen Worte sprach: »Ich bin noch nicht achtzehn.«

Nicht einmal das tat er. Er hütete sein tröstliches Geheimnis wie Muffy ihre Schlafkuscheltiere, und er hielt durch, eine mörderische Woche nach der anderen, bis zu dem Tag, an dem diese segensreiche Granate vor ihm explodierte, die ihm ein Bein abriß und sein kostbares Leben rettete. Wie viele Jungen aber, für die er »keine Feindseligkeit« empfand, hatte er in diesen Monaten getötet? Darüber sagt er nichts. Das letzte, was William Saffery von Frankreich sah, war dieselbe lange, kurvige Straße, auf der er gekommen war und die sich nun in umgekehrter Richtung wieder wie ein graues Band entrollte. Er war mit dem Leben davongekommen. Wie viele nicht?

Ich glaube, ich war den Tränen nahe. Muffy schob sich jedenfalls immer näher an mich heran und machte sich bereit, mich zu tätscheln. Doch plötzlich tönte Mums Stimme die Treppe herauf und zerstörte die Stille.

»Will! Ich hab' dir doch gesagt, du sollst Muffy ins Bett bringen!«

Also deshalb hatte Muffy mir die Ohren zugehalten! »Und was dich betrifft...« Ich sah sie vorwurfsvoll an. Sie nahm den Daumen aus dem Mund, grinste und trollte sich in ihr Zimmer.

Seufzend folgte ich ihr. Zum Grübeln hat man bei uns keine Zeit. Mum hält einen auf Trab, und Muffy ebenfalls. Zuerst konnte ich sie nirgends entdecken. Dann hörte ich etwas rascheln und merkte, daß sie im Schrank saß und die Sachen auf dem Grund durchwühlte.

»Jetzt wird nicht aufgeräumt, Muffy. Hopp, ins Bett!«

Ich knipste ihre Froschlampe an und schlug zum achtbillionsten Mal *Rumpelstilzchen* auf. Das Buch ist schon völlig zerfleddert.

Da tauchte Muffy vor mir auf, ein kleiner gelber Zwerg. Sie hielt mir ein anderes Buch vor die Nase.

»Was ist das?«

Sie gab keine Antwort. Ich sah mir das Buch an.

»Die Schöne und das Tier.«

Ein Lächeln breitete sich über ihr Gesicht.

»Aha, wir machen Fortschritte...«

Sie nickte erfreut und schlüpfte unter die Decke. Bestimmt dachte sie, ich würde dasselbe tun, mich gemütlich gegen die Kissen lehnen und auf der Stelle anfangen zu lesen: *In einem fernen Königreich lebte einmal ein reicher Kaufmann, der hatte drei schöne Töchter...*

Weit gefehlt! Muffy hatte es vielleicht noch nicht gemerkt, aber an diesem Tag hatte Will Flowers beschlossen, sich behaupten zu lernen.

Ich klappte das Buch wieder zu.

»Sieht wirklich gut aus. Aber ich les' es dir nur vor, wenn du mich richtig darum bittest.«

Muffy starrte mich an. Dann zeigte sie auf das Buch.

Ich beachtete sie nicht. Leise pfeifend blickte ich zur Decke und tat so, als studierte ich den Staub an der Lampenfassung.

Sie tippte wieder auf das Buch.

Aber der Hexenfinger hat seinen Schrecken für mich verloren. Wenn bereits Mum mit ihren scharlachroten und Estelle mit ihren grünen Fingernägeln auf einen gezeigt haben – läßt man sich da noch von einem pummeligen, rosa Fingerchen erschüttern? Ganz bestimmt nicht.

»Tut mir leid«, sagte ich mit fester Stimme. »Ich hab' die Nase voll davon, daß du nicht mit mir sprichst. Ich bin doch keine Lese- und Herumtragemaschine. Ich bin dein Bruder. Will Flowers ist mein Name. Und wenn du willst, daß ich dir eine Gutenachtgeschichte vorlese, dann mußt du dir schon die Mühe machen und mich darum bitten.«

Sie sah mich finster an, wie eine winzige Estelle. Ich bin von ihnen umringt, in allen Altersstufen und Größen. Aber ich werde nicht kleinbeigeben.

»Los«, drängte ich. »Sag Wörter. Bitte mich darum.«

»Lies mir bitte eine Geschichte vor«, murmelte sie, noch immer mit schrecklich finsterer Miene.

»Gern«, sagte ich mit ausgesuchter Höflichkeit. »Mit dem größten Vergnügen. Nichts lieber als das. Möchtest du vielleicht diese Geschichte hören?« Ich schlug die erste Seite auf. »Sie heißt *Die Schöne und das Tier.*«

Sie nickte.

Ich tat, als wollte ich das Buch wieder zuklappen.

»Ja, bitte, die«, sagte sie.

»Sehr gut«, sagte ich. »Sitzt du bequem? Dann fang' ich an. *In einem fernen Königreich lebte einmal ...*«

Sie kuschelte sich gegen meine Schulter. Und

ich las weiter. Ich lese Muffy zur Zeit so oft vor, daß ich dabei kaum noch zu denken brauche. Jeder Figur gebe ich eine andere Stimme, und an den richtigen Stellen lasse ich sie ängstlich klingen. Aber während die Worte aus mir herausströmen, bin ich in Gedanken oft ganz woanders und denke an den Tag, den ich hinter mir habe, oder an den, der vor mir liegt. Und während ich von dem reichen Kaufmann las, der die Rose aus dem Garten des Tieres stiehlt und noch ein letztes Mal nach Hause zurückkehren darf, um den Seinen Lebewohl zu sagen, mußte ich unwillkürlich an Mum und Dad denken. Keiner von beiden ist ein Feigling. Und trotzdem machen sie immer so weiter, Tag um Tag, Schlacht um Schlacht, Strapaze um Strapaze. Warum haben sie meiner lieben Schwester nicht die Stirn geboten? Weil sie wissen, daß es einen Sinn hat, wenn sie all diese guten Kämpfe ausficht? Einen guten Jungen und einen Engel großzuziehen, war möglicherweise das letzte, was sie wollten. Vielleicht möchten sie sich einmal gern sagen können, daß sie ihre Kinder zu Menschen erzogen haben, die kein Blatt vor den Mund nehmen und ihre eigenen Entscheidungen treffen. Vielleicht, weil sie wissen, daß Menschen, die den Mut haben, ihr Gewehr wegzuwerfen und davonzugehen, die wirklich wertvollen Menschen sind.

Estelle konnte so wunderbar auf andere aufpassen – darüber waren sich alle einig. Aber möglicherweise denkt sie inzwischen in größeren Dimensionen und nicht mehr nur an ein einzelnes Kind wie Muffy, das auf ihrem Schoß sitzt und sich von ihr *Rumpelstilzchen* vorlesen läßt. Ohne Leute wie Estelle würden Leute wie ich sich immer wieder in Kriege treiben lassen, als könnten wir noch nicht einmal den Wert unseres eigenen Lebens erkennen. Den Wert *ihres* Lebens kennt Estelle jedenfalls. Was hat sie Dad zugeschrien? »Ich hab' nur dieses eine Leben!« Estelle ist schließlich nicht auf den Kopf gefallen. William Scott Saffery wußte nicht, was sein Leben wert war, bis er in diesem Höllenschlund landete. Erst dort draußen, so schreibt er, wo der Tod allgegenwärtig war, begriff er, was er jeden Moment verlieren konnte. Manchmal wallten Energie und Hoffnung wild in ihm auf, und er fühlte nur noch sein Lebendigsein. Wie ein Fisch im Wasser, sagt er, wie ein Vogel in der Luft. Er dachte nicht mehr »Es kann jederzeit zu Ende sein«, sondern er *lebte* einfach nur. Und er wußte, daß das Leben lebenswert war, so kurz sein Glück auch dauern mochte. Einmal, als er sich einige Tage hinter den Linien aufhielt, lag er im Schatten eines Baumes und betrachtete die dicken, weißen Wolken, die über ihn hinwegzogen. Er strich mit den Fingerspitzen über eine Apfelblüte, er ließ sich ins Wasser des Flusses gleiten und spürte die Sonne auf seinem Rücken. Alles einfache Dinge, die er in Friedenszeiten auch zu Hause hätte haben können, die nun aber so viel kostbarer geworden waren, weil sein Freund Chalky vom letzten Angriff nicht zurückgekehrt war und weil William wußte, daß er selbst vielleicht vom nächsten nicht wieder zurückkehren würde. William Scott Saffery mußte erst in den Krieg ziehen, um zu erfahren –

»Weiter!«

»Was?«

»Du hast aufgehört. Du hast einfach aufgehört zu lesen.«

Ich sah auf die Seite nieder. Die Schöne neigte sich über den Leichnam des Tieres und rang verzweifelt die Hände. Waren wir schon so weit? Ich las weiter. Aber ich hatte registriert, daß Muffy mich nicht einfach geknufft oder mit dem Finger auf die Seite getippt hatte, um mich zum Weiterlesen zu bewegen. Sie hatte den Mund aufgemacht und etwas gesagt. Es änderte sich wirklich einiges.

Und vielleicht ist das auch der Grund, warum Mum und Dad immer so weitermachen. Weil auch Estelle sich verändert. Mum kann einfach nicht Tag für Tag in stummem, sinnlosem Erdulden den

Kopf einziehen. Sie ist nicht der Typ dafür. Sie muß eine Vorstellung davon haben, in welche Richtung Estelle sich entwickeln wird, wer sie sein wird, ein Bild des starken, wertvollen Menschen, der am Ende auf uns wartet.

»Weiter, Will! Lies doch!«

Ich gab mir einen kleinen Ruck.

Und die Liebe wurde belohnt, wie es der Liebe immer widerfährt. Denn plötzlich erhob sich das Tier, und da war es kein Tier mehr, sondern ein strahlender Prinz, so schön wie der helle Tag.

Vielleicht ist es das! Vielleicht ist es das, worauf Estelles Fans alle warten! Wirklich, diese alten Märchen bringen die Dinge auf den Punkt.

Muffy stöpselte erneut ihren Daumen aus.

»Will! Hör doch nicht immer auf! Lies zu Ende!«

Und sie lebten noch lange glücklich und zufrieden.

Glücklich und zufrieden. Muffy kuschelte sich in die Kissen, und ich knipste die Froschlampe aus. Der alte Märchenschluß. Er ist der beste.

Auf dem Weg nach unten dachte ich noch weiter darüber nach. Und über mich. War ich ein hoffnungsloser Fall? Ich hatte Mum meine Meinung gesagt und Muffy auch. Das kam zwar nicht an Estelles sagenhafte Torbilanz heran, aber William Saffery hatte ich einen Punkt voraus. Es war immerhin ein Anfang. Im Hinuntergehen muß ich wohl, ohne es zu bemerken, ein paar Blätter von der Geranie abgerissen haben, denn als aus der Küche mein Name ertönte, konnte ich nicht gleich antworten: ich hatte den Mund voller Grünzeug.

Dann hörte ich Dad sprechen.

»Will läßt sich Zeit, wie immer. Sein Essen wird kalt. Wir hätten Estelle schicken sollen, sie liest viel schneller.«

Über dem Rauschen des Wasserhahns war jetzt Mums Stimme zu vernehmen.

»Aber Muffy vergöttert Will.«

Ich blieb wie angewurzelt stehen. Die ganze Zeit hatte ich gedacht, Muffy vergöttert Estelle, und ich bin die Nummer zwei. Ich war erstaunt, daß unter all den Veränderungen auch ein solcher Glückstreffer war. Im nachhinein gesehen, muß ich wirklich ein Brett vor dem Kopf gehabt haben, daß ich nicht zwei und zwei zusammenzählen konnte, obwohl Muffy dauernd auf meinem Schoß saß und ihren Kopf unter meinen Pullover steckte. Trotzdem fühlte ich mich mächtig gebauchpinselt. Ich schlenderte in die Küche und kam mir vor, als wäre ich drei Meter groß. Und vielleicht war das auch der Grund, warum ich mit dem Kopf gegen das Gewürzregal stieß, so daß es mit ohrenbetäubendem Getöse herunterkrachte und die Döschen und Fläschchen durch die ganze Küche rollten.

Dad seufzte entnervt auf, als er die Bescherung sah. »Bridget, ich dachte, du hättest das Regal mindestens zehn Zentimeter höher gehängt, nachdem er es das letzte Mal heruntergerissen hat.«

»Ich kann nichts dafür«, erwiderte Mum gereizt. »Der Junge wächst anscheinend immer noch!«

»Du lieber Himmel!«

Beide schauten mich böse an, und ich schaute böse zurück. Ich wollte gerade »Entschuldigung, daß ich lebe!« sagen, aber ich kam nicht dazu.

»Jetzt hackt doch nicht auf Will herum! Man kann nun mal nichts dagegen tun, daß man wächst! Wenn jemand etwas dafür kann, daß er so groß wird, dann ihr. Wer sorgt denn dafür, daß er all das nahrhafte Essen ißt und seine Milch trinkt und seine Vitamine nimmt? Ihr! Also fangt jetzt nicht an, ihm ein schlechtes Gewissen zu machen, nur weil er wie Unkraut wächst!«

Schützenhilfe von Estelle. Wie schön für mich. Ich wandte mich zu ihr um und erhob Einspruch.

»Ich wachse nicht wie Unkraut! Ich erreiche lediglich meine volle Körpergröße!«

Aber kaum sah sie mein Gesicht, brach sie in

Lachen aus. Ich schaute in den Spiegel über der Spüle. Beim letzten Mal war ich currygelb gewesen, beim vorletzten paprikarot, und jetzt war ich über und über mit grünlich-grauen Thymianstückchen gesprenkelt. Ich sah aus, als wäre ich ungefähr hundert Jahre alt.

Doch Estelle sah auch nicht gerade aus wie ein menschliches Wesen. Sie war in Morgenrock und Hausschuhen, aber ihr Make-up hatte sie nur von einem Auge entfernt. Sie sah aus wie ein Waschbärpirat in einem flauschigen rosa Mantel und dazu passenden Stiefelchen. Jetzt brach ich in Gelächter aus.

Wütend griff sie sich die nächstbeste Gewürzdose vom Boden und warf sie nach mir. Sie traf mich genau über dem Ohr. Der Deckel sprang auf, und ich wurde mit Zimt überpudert. Kleine Rinnsale von dem Zeug rieselten mir den Hals hinab. Ich schäumte vor Wut. Um es ihr heimzuzahlen, warf ich die Paprikatüte nach ihr. Beim Aufprall platzte sie und färbte Estelle auf der Stelle rot.

»Estelle! Will! Hört sofort auf!«

Estelle konnte, wie man fairerweise sagen muß, nichts dafür, daß sie ihr Ziel verfehlte, weil Dad sie gerade in dem Moment, als sie das Backpulver schleuderte, am Arm packte. Der Deckel flog weg, und eine weiße Wolke senkte sich sanft auf Mum herab. Mum hat nicht die Spur von Geduld. Mit Bedacht hob sie den Chili vom Boden auf und warf ihn nach Dad.

Man sah ihm an, daß ihn das wirklich ärgerte. Er warf den Rosmarin. Mum schlug mit Natron zurück. Er schleuderte gemahlenen Ingwer. Sie bewarf ihn mit Gewürznelken und Pfefferkörnern. Er kippte Senfmehl über ihr aus.

Estelle und ich starrten die beiden an, während die Fliesen unter bunt gesprenkelten, grünlichgrauen Gewürzschichten verschwanden. Die Wände hatten eine Art gemischte Gewürzfarbe angenommen. Die Schweinerei war unbeschreiblich. Ein Blick genügte, um zu wissen, daß es eine Woche dauern würde, bis alles wieder in Ordnung war. Aber gerade in dem Moment, als Mum und Dad aufhörten, einander zu bombardieren, und wieder zur Besinnung kamen, gab es eine andere Unterbrechung. Von der Tür her klang eine stolze Stimme: »Schaut mal alle her!«

Wir drehten uns um. Man hätte meinen sollen, wenn irgend etwas Dad zum Lachen bringen würde, dann Mum mit ihrem neuen Ingwerhaar, die rosagewandete, einäugige Estelle oder sogar ich – Altvater Thymian. Aber nein. Was ihn losprusten ließ, war Muffys Anblick in Estelles Partykleidern. Die aufreizende Bluse rutschte ihr so weit über die Schultern herab, daß sie wie ein schäbiges schwarzes Unterhemd aussah. Der ausgefranste Rock reichte ihr fast bis zu den Füßen, und die Strümpfe schlotterten ihr in riesigen Falten um die Fußgelenke. Sie sah aus wie ein Waisenkind, das Mülltonnen durchwühlt hat, um etwas zum Anziehen zu finden.

Mum und Dad klammerten sich aneinander. Ich verzog keine Miene, was jedoch ziemlich schwierig war. Natürlich war es Estelle, die als erste den Mund auftat.

»Das sind meine Sachen, Muffy!«

Muffy schmollte, sagte aber nichts.

Das konnte ich nicht durchgehen lassen. Ich hatte diese Schlacht gewonnen. Wir würden jetzt nicht den Rückzug antreten. Ich warf Muffy einen sehr deutlichen warnenden Blick zu. »Sag Wörter«, sagte ich.

Sie holte Luft und sagte laut und eindringlich: »Mum hat doch gesagt, du sollst sie mir geben. Für meine Verkleidungskiste.«

Schweigen. Die schiere Verblüffung darüber, Muffy so reden zu hören, brachte selbst Estelle aus der Fassung. Ich sah, wie Mum Dad einen Blick zuwarf. Sie schienen hocherfreut. Dann griff Mum schleunigst ein, um zu verhindern, daß Muffys neuerworbene Redegabe ihr in einem Streit mit

Estelle eine Schlappe eintrug. Obwohl man sehen konnte, daß ihr die Worte fast im Hals steckenblieben, war doch offenkundig, daß in der Beechcroft Avenue 27 jetzt Frieden um jeden Preis herrschte.

»Ach, Muffy! Es war so dumm von mir, das zu sagen. Sieh mal, Estelles Kleider gehören ihr, und sie ist jetzt schon ein so großes Mädchen, daß es wirklich ihre Sache ist, was sie anzieht. Ich kann sie nicht zwingen, ihre Sachen in deine Verkleidungskiste zu tun.«

Estelles Gesicht sprach Bände. Ein einziger Triumph! Muffys Gesicht aber verzog sich, und es sah aus, als würde sie gleich anfangen zu weinen. Da schritt Dad ein und schwenkte seinen eigenen Ölzweig.

»Ich sag' dir was, Muffy. Ich geb' Will zwei Pfund, und auf dem Rückweg vom Marionettentheater morgen geht er mit dir in einen Secondhandladen, und da darfst du dir aus dem Kostümregal für deine Verkleidungskiste aussuchen, was du willst.«

Ich machte große Augen. Ich hatte noch gar nicht gewußt, daß mein Samstag schon bis ins Detail verplant worden war. Marionettentheater. Babysitten. Wühlen im Secondhandgeschäft. Der alte Will hätte jetzt vermutlich nur im stillen und voll Sarkasmus gedacht, wie gut es doch sei, daß jemand ihm das mitteilte, sonst hätte er womöglich den schweren Fehler begangen zu denken, sein Samstag gehöre ihm. Der neue Will aber hatte andere Pläne.

Die Worte waren noch nicht ganz heraus, da schlug Estelle zu.

»Dad, du kannst nicht einfach –«

Ich kann auch zuschlagen. Ich hielt meiner Schwester den Mund zu.

»Du kannst nicht einfach mein Wochenende verplanen«, sagte ich ganz allein zu Dad. »Da mußt du mich schon vorher fragen.«

Alle starrten mich verblüfft an. Ich wollte schon die Segel streichen, da sah Dad Mum an, die mich höflich fragte: »Wärst du so nett, Will?«

Ein Kinderspiel, wenn man weiß, wie's gemacht wird! Ich war so stolz.

»Ich hab' nichts dagegen«, erklärte ich.

Und wieder sagte Muffy laut und deutlich: »Toll! Ich find' Marionetten so schön!«

Mum sah ganz entzückt drein. Dad legte den Arm um ihre Schultern. Natron stäubte von ihr hoch, und Dad verstreute Pfefferkörner und Gewürznelken. Estelle klopfte Paprikawolken von ihrem Morgenrock, und ich ließ durch mein Kopfschütteln einen Thymianschauer niedergehen.

Schnell übernahm Dad das Kommando.

»Niemand bewegt sich!«

Er wandte sich zu Muffy um, die noch in sicherer Entfernung in der Tür stand.

»Du bist die einzige, die uns helfen kann, Muffy. Tu jetzt genau, was ich dir sage. Geh hinauf und hol vier Handtücher ...«

Sie wandte sich zum Gehen. Dann drehte sie sich noch einmal um und sagte frech: »Kann ich im Marionettentheater ein Eis haben?«

Gewürze spritzten nach allen Seiten, als Dad drohend auf sie zuging.

Und Muffy floh.

9

Das Wochenende war mörderisch. Wände abwaschen. Fußboden scheuern. Lampen abwischen. Ich freute mich schon, von zu Hause wegzukommen, aber am Montag in der Schule wurde es noch schlimmer. Jemand mußte mein Schulhemd im Kampf gegen Zimt und Thymian mit einem aggressiven neuen Waschmittel gewaschen haben. Ob man's glaubt oder nicht, aber meine Haut ist sehr empfindlich. Der Unterricht hatte kaum begonnen, als sie auch schon zu jucken begann.

Ich kratzte und kratzte. Ich kratzte die ganze Französischstunde durch, die ganze Mathestunde und auch in der Erdkundestunde, bis Mr. Astley mich vor die Tür setzte. Den Rest der Zeit verbrachte ich mit ausgezogenem Hemd im Garderobenraum, vertat jedoch diese halbe Stunde, die eine wahre Wohltat hätte sein können, mit ausgiebigem Kratzen. Als ich am Mittag mit Chopper im Speisesaal zusammentraf, brannte mein ganzer Oberkörper wie Feuer.

Er sah sich eine Weile an, wie ich die schlimmsten Stellen attackierte, dann gab er mir einen Rat.

»Kratz lieber nicht, das macht's nur noch schlimmer.«

Ich glaube, ich habe schon erwähnt, daß er nicht besonders helle ist. Anstatt ihm eins auf die Nase zu geben, und zwar ordentlich, erzählte ich ihm daher von unserem häuslichen Gewürzkrieg. Er lauschte gebannt und meinte dann nachdenklich: »Ich glaub', deine Familie geht vor die Hunde.«

»Vor die Hunde?«

»Ja«, sagte er. »Zuviel Streß.«

Er griff zu mir herüber, nahm mein unberührtes Frühstücksbrot aus meiner Lunchbox und klappte es auseinander.

»Hier zum Beispiel«, sagte er. »Auf dem Brot ist nichts drauf. Nur Mayonnaise.«

»Es ist eben ein Mayonnaisebrot.«

(Wer arm dran ist, kann nicht wählerisch sein.)

Er schüttelte trübsinnig den Kopf.

»So was gibt's gar nicht. Und in deine Lunchbox gehört es erst recht nicht rein. Jemand, der so groß ist wie du, muß was Anständiges essen.«

Dagegen konnte ich schlecht etwas sagen. Ich war der gleichen Meinung, und seit Monaten hatte ich das zu Hause auch immer wieder betont. Aber von Chopper wollte ich es nicht unbedingt hören.

»Bei euch ist ja auch nicht gerade alles in bester Butter. Du mußt dich doch jedesmal eine Woche lang mit deinen Eltern herumstreiten, wenn du abends länger wegbleiben willst, um dir einen Film anzuschauen.«

Chopper machte ein selbstzufriedenes Gesicht.

»Nein, muß ich nicht. Das ist aus und vorbei.«

Wer's glaubt, wird selig.

»Ach, ja?«

»Ja.«

Er begann mir zu erklären, warum, und fuchtelte mir dabei mit seinem frischen, knusprigen Salamibrötchen vor der Nase herum. Ab und zu fielen große, saftige Salamischeiben heraus, die ich aufpickte und in den Mund schob. Sie waren köstlich. Es war so lange her, seit ich am Katzentisch etwas Annehmbares zu essen bekommen hatte, daß ich Chopper eine ganze Weile reden ließ, ehe ich merkte, daß er etwas sagte, was sich bei mir zu Hause als überaus nützlich erweisen konnte.

»Wie war das eben?«

Er fing noch einmal von vorn an.

»Wenn Dad nicht da ist, machen Mum und ich eine Zeit aus, wann ich zu Hause sein muß. Sagen wir mal um elf. Sie stellt den Wecker auf fünf nach elf und läßt ihn draußen vor ihrer Tür. Ich schleich' mich Punkt elf rein und stell' den Wecker ab, bevor er sie weckt. Dann stell' ich ihn auf vier Uhr früh oder so, und die Sache ist geritzt. Ich kann mir den Film zu Ende anschauen, und Mum muß nicht daliegen und sich Sorgen machen, sie könnte einschlafen, bevor es Zeit ist, sich Sorgen um mich zu machen.«

Ich kratzte mich ein bißchen, während ich das alles speicherte.

»Und was passiert, wenn du zu spät nach Hause kommst und der Wecker klingelt?«

Choppers Miene verdüsterte sich.

»Sie sagt, sie würde natürlich sofort die Polizei rufen, denn sie könnte ja sicher sein, daß ich nie im Leben eine Abmachung brechen würde.« Seine Miene wurde noch düsterer. »Und sie meint's ernst...«

Ich schüttelte staunend den Kopf.

»Toll. Wirklich toll.« Dann kam mir plötzlich ein böser Verdacht. »Bist du selbst draufgekommen?«

Er wurde verlegen.

»Ich hab's in einem Buch gelesen.«

Das war nun wirklich eine interessante Kurzmeldung. Chopper liest!

»In was für einem Buch?«

Er wurde rot.

»*Das schwierige Alter – ein Ratgeber für Eltern.* Meine Mutter hat's von einem Büchereiflohmarkt mitgebracht.«

Aha. Die Diplombiblibobarbarin verschleuderte also weiterhin Meisterwerke. Bei ihr hatte sich offensichtlich nichts verändert. Aber ich hatte stark den Eindruck, daß alles, was sonst im Umkreis von fünf Kilometern von der Wallace-Schule wohnte, plötzlich beschlossen hatte, die Dinge in den Griff zu bekommen. Was hatte sich nicht alles fast über Nacht verändert! Ich ließ mich zu Hause von niemandem mehr unterbuttern. Muffy sagte Wörter. Und jetzt fing mein Kumpel Chopper (der freiwillig kein Buch mehr aufgeschlagen hat, seit er Fäustlinge am Gummiband in den Ärmeln hatte) plötzlich an, schlaue Ideen aus seiner Freizeitlektüre aufzugreifen und nutzbringend ins Familienleben einzubauen. Er hatte es sogar geschafft, den Standard seiner kümmerlichen Frühstücksbrote so zu heben, daß man schon fast von Haute Cuisine sprechen konnte. Weshalb sollte ich also nach Schlacht Nr. 1 in voller Fahrt bremsen? Es heißt doch, daß jeder Sieg einen weiteren Sieg hervorbringt. Also auf in den nächsten großen Kampf! Es wurde Zeit, daß ich auch alle meine sonstigen Probleme löste. Ich konnte zum Beispiel darauf bestehen, daß Dad mir jedesmal, wenn er zur Bank ging, eine Zehnpfundnote gab, die ich dann in eigener Regie wechseln würde. Dann hätte ich jeden Tag mein Essensgeld, und der Fall wäre erledigt. Oder ich könnte den wöchentlichen Einkaufszettel selbst ergänzen, und wenn ich mir von zu Hause etwas zu essen mitnehmen mußte, dann wäre auch etwas zum Mitnehmen da.

Das war ein ganz neuer Gedanke. Während ich mir die Einzelheiten überlegte, kratzte ich mich ein bißchen. Und dann kam mir noch ein Gedanke: Wenn ich nicht jeden Morgen vor der Schule durchs Haus trotten und um Essensgeld betteln müßte, dann würde mir der Rest der Familie vermutlich nicht so auf die Nerven gehen – und umgekehrt.

Meine angenehmen Phantasien von Morgenröte in der Beechcroft Avenue 27, drinnen und draußen, wurden von Chopper unterbrochen. Er stopfte sich den Rest seines knusprigen Brötchens in den Mund und machte sich an eine Zusammenfassung seiner jüngsten Lektüre.

»In diesem Buch über das schwierige Alter«, nuschelte er heftig kauend, »steht, daß die Persönlichkeit der Kindheit zusammenbrechen muß, damit sich eine neue Persönlichkeit entwickeln kann.«

Seltsam.

»Was? Wie wenn man ein Kaleidoskop schüttelt, damit ein neues Muster entsteht?«

»Wahrscheinlich. Oder wie wenn man die Karten für das nächste Spiel mischt.«

»Verstehe.«

Ich schaute zu Estelle hinüber. Sie flocht Marisa Zöpfe, und Flora schob sich Pommes in den Mund. Während ich mich heftig kratzte, dachte ich ein bißchen nach. Es war auf jeden Fall eine ziemlich treffende Beschreibung für das, was mit Estelle passiert war. Würde ich der nächste sein? Der Spätentwickler, wie eh und je. Nach wie vor ein Jahr älter und nach wie vor ein Jahr zurück. Sie rückt als erste vor, die starke Angriffstruppe. Ich komme hinterdrein, die zuverlässige Säuberungseinheit. Wie viele Schlachten würde ich noch schlagen müssen? Und wie würde das alles enden?

Chopper redete immer weiter.

»Manchmal hört sich's allerdings so an, als ob bei euch von jedem in der Familie die Persönlichkeit zusammenbricht.«

Ich kratzte mich am Kopf. Schwer zu sagen. Aber alles in allem dachte ich, daß Chopper diesmal auf dem Holzweg war. So schlecht stand es mit unserer Familie gar nicht. Niemand ging vor die Hunde. Mum und Dad schnappen zwar manchmal über, aber im allgemeinen machen sie ihre Sache doch recht gut. Sie gehen immer noch einkaufen, wir bekommen immer noch zu essen, sie bezahlen die Rechnungen. Was will man mehr? William Scott Saffery hat Männer gesehen, die so sehr aus der Bahn geworfen worden waren, daß nichts und niemand sie je wieder ins Lot bringen konnte. Es waren gebrochene Männer. Sie waren für die Drohungen und höhnischen Bemerkungen ihrer Offiziere ebenso taub geworden wie für das Mitgefühl ihrer Kameraden. Selbst das drohende Kriegsgericht ließ sie gleichgültig (das, wie jeder wußte, nichts anderes bedeutete als eine schnelle Kugel in den Kopf). Sie hatten die Hoffnung verloren. Die Welt der Lebenden hatte sich als so furchtbar erwiesen, daß es sie nicht mehr kümmerte, welche Seite der Gleichung des Wahnsinns weggewischt wurde: die Schrecken um sie her – oder sie selbst.

Nein, so schlecht stand es bei uns nicht annähernd. Es mag ja sein, daß Mum sich manchmal in der Garage versteckt oder durchs Fenster ins Haus klettert oder daß Muffy den Kopf unter einen Pullover steckt. Na und? Wenn einer in der Familie sich überlegt, daß es an der Zeit ist, sich ein bißchen zu dem Menschen zu entwickeln, der er sein möchte, dann kann es schon passieren, daß ein paar andere Leute in dieser Familie irgendwann eine Kriegsneurose bekommen. Und wenn schon! Manche Schlachten sind es wert, geschlagen zu werden. Das hab' ich von Estelle gelernt.

Estelle...

Ich sah verstohlen zu ihr hinüber, während ich mich kratzte. Flora fing meinen Blick auf und streckte mir mechanisch die Zunge heraus. Dann beugte sie sich zu Estelle hinunter und flüsterte ihr etwas ins Ohr. Estelles Hände flochten emsig weiter, aber sie warf einen Blick in meine Richtung. Dann schaute sie noch einmal her und sagte etwas zu Flora.

Flora sagte etwas zu ihr.

Estelle wand das Gummiband um Marisas Zopf, doppelt und dreifach, bis es fest saß. Dann schob sie sich die letzten Pommes in den Mund und schlenderte zu mir herüber.

»Flora meint, du mußt Läuse haben.«

Augenblicklich hörte ich auf, mich zu kratzen. »Quatsch.«

Estelle ist wie Mum. Sie muß alles durchdiskutieren. Blitzschnell langte sie zu und schob mir die nicht zugeknöpften Ärmel weit über die Handgelenke hoch.

Mein Ausschlag sah schlimm aus.

»Das ist ja furchtbar, Will!«

»Ist schon okay«, sagte ich. »Es stört nicht weiter.«

Ich mußte verrückt geworden sein. Ich litt Höllenqualen.

Achselzuckend wandte Estelle sich ab und ging an ihren Tisch zurück. Ich schaute Chopper an, der mich anstarrte, als hätte ich den Verstand verloren. Plötzlich war es, als würde alles, was ich am Wochenende über mich gelernt hatte, mit Macht über mir zusammenschlagen. Sich innerlich zu verändern, ist keine so einfache Sache, wie wenn man aus seinen Hosen herauswächst, soviel ist sicher. Man kann sich nicht darauf verlassen. Es kommt in Wellen.

Ich mag zwar ein Spätentwickler sein, aber ein hoffnungsloser Fall bin ich nicht.

Ich stand auf und fing an, mir das Hemd aufzuknöpfen.

Chopper fuhr fort, mich anzustarren.

»Los«, befahl ich, »zieh's aus.«

»Was?«

»Dein Hemd. Zieh's aus. Meine Haut ist unheimlich empfindlich, deine nicht. Wir tauschen die Hemden.«

Er wollte anfangen zu diskutieren, aber ich schnitt ihm das Wort ab.

»Hör zu, Chopper«, sagte ich. »Ich kann hier

nicht die ganze Zeit rumsitzen und stumm leiden. Also zieh bitte dein Hemd aus.«

Chalky bat William Saffery einmal, die Stiefel mit ihm zu tauschen, aus ganz ähnlichen Gründen. Als ich das zum erstenmal las, fand ich es schrecklich. Jetzt glaube ich es zu verstehen.

Chopper sah, daß ich es ernst meinte. Er erhob sich. Beide knöpften wir unsere Hemden auf. Von wie vielen Leuten man an einem öffentlichen Ort beobachtet wird, merkt man erst, wenn man etwas Ungewöhnliches tut. Ich war noch kaum am Nabel angelangt, da ging schon das Gejohle und Getrampel los. Der Lärm im Speisesaal ist immer ohrenbetäubend, aber das schlug alle Rekorde. Ich war etwas verlegen. Schließlich sah ich, rot gescheckt wie ich war, nicht eben bezaubernd aus. Aber Chopper genoß die allgemeine Aufmerksamkeit sichtlich, genauso wie damals, als wir die Eltern in der Aula zum Lachen gebracht hatten.

»Danke«, sagte er, verbeugte sich nach rechts und links und ließ seine mickrigen Muskeln spielen. »Vielen Dank. Danke.«

Unter all die »Zugabe! Zugabe!«- und »Runter damit!«-Rufe mischten sich von der Türseite her auch Klagen wegen schlechter Sicht. Chopper zeigte sich entgegenkommend und stieg auf einen Stuhl.

»Danke. Sehr freundlich. Vielen Dank allerseits.«

Da schnitt Miss Sullivans Stimme durch seine Worte wie ein Messer durch Käse.

»Rupert Murgatroyd Chopperly! Steig sofort von dem Stuhl herunter!«

Es ist nicht fair, den vollen Namen wie eine tödliche Waffe zu benutzen. Eine Welle der Sympathie lief durch den Saal. Chopper wurde blaß und stieg von seinem Stuhl. Er sah Miss Sullivan nicht an, und sie bestand wohlweislich nicht darauf. Sie ging einfach hinaus, und das schwache Zischen, mit dem ihre Bosheit quittiert worden war, schwoll im Crescendo an, als sie durch die Schwingtür verschwand.

Als ich mich wieder umdrehte, standen Flora, Marisa und Estelle vor uns.

»Das war toll, Chopper«, sagte Flora.

»Du hast ja irre Muskeln«, sagte Marisa.

»Der hast du's gezeigt, der blöden Kuh«, sagte Estelle.

Mädchen sind ja so nett. In Choppers Gesicht kehrte die Farbe zurück. »Danke, Flora. Danke, Marisa. Danke, Stelly, äh, Estelle.«

Sie beehrte ihn mit ihrem erstaunlichen Lächeln, das wir zu Hause seit Wochen nicht mehr zu sehen bekommen hatten.

»Ist schon okay, Chopper, du kannst mich ruhig Stelly nennen, da du's nun mal so gewöhnt bist.«

Ich würde es immer noch nicht riskieren, jedenfalls nicht, wenn sie einen schlechten Tag hat. Aber Chopper sah ganz entzückt drein.

Estelle wandte sich mir zu.

»Da«, sagte sie. »Fang auf!«

Ich fing auf – eine Dose Hautcreme. »Jojoba und Gurke«, stand auf dem Deckel. »Hautberuhigend und mild.«

»Nicht alles aufbrauchen«, befahl sie. »Flora sagt, die wirkt Wunder.«

Das tat sie auch. Kaum hatte ich die schlimmsten Stellen etwas eingecremt, fühlte sich meine Haut auch schon kühler an. Chopper behauptete, die Creme sei nutzlos; was gewirkt habe, sei allein unser Hemdentausch. Aber mir war's egal. Das einzige, was zählte, war die unendliche Erleichterung, daß es nicht mehr juckte. Ich kam mir vor wie ein glühender Hochofen, der langsam erkaltet. Und im schieren Glückstaumel meiner Errettung aß ich das letzte Mayonnaisebrot, das ich in meinem Leben je zu essen gedachte.

Währenddessen starrte Chopper blind hinter Marisa, Flora und Estelle her, die aus dem Speisesaal schlenderten.

»Glaubst du, sie hat's ernst gemeint?« fragte er plötzlich.

»Wer?«

Er starrte mich an.

»Marisa natürlich.«

Ich verschluckte mich fast.

»Marisa?«

Ein verklärtes Lächeln breitete sich über sein Gesicht, vermutlich deshalb, weil ich ihren Namen genannt hatte. Ich war entsetzt. Ich habe es vielleicht nicht allzu oft erwähnt, aber dumm ist Chopper nicht. Er mußte doch gemerkt haben, daß Marisas Kommentar zu seinen Muskeln nichts weiter war als ein bißchen moralische Unterstützung für einen, der das Pech hatte, Rupert Murgatroyd Chopperly zu heißen. Ich behaupte ja nicht, daß Chopper ein Schwächling ist. Wer mit dem Leiter unserer »Orientierungskurse« unter einem Dach wohnt und das überlebt, muß einfach innere Ressourcen haben.

Aber Muskeln? Nein.

Wozu ist ein Freund da, wenn nicht dazu, einem im richtigen Moment den Kopf zurechtzurücken?

»Chopper –«, begann ich. Aber er hörte nicht zu.

»Und hast du den Zopf gesehen, den Stelly ihr geflochten hat?«

»Chopper!«

»Ihr Haar ist gar nicht richtig braun. Es ist eher eine Art Goldbraun –«

»Chopper!«

Er riß sich zusammen und stand auf.

»Na ja, egal«, sagte er. »Ich werd' ihnen mal nachgehen und mich bei Marisa für die Creme bedanken.«

»Die Creme gehört Flora.«

Aber er war schon weg.

10

Ich blieb allein zurück. Und daran hat sich in den letzten drei Tagen auch nichts geändert. Aber das stört mich nicht allzusehr. Choppers Affären dauern nie lange, und ich denke, ich könnte ein paar Tage Ruhe und Frieden ganz gut gebrauchen, bevor ich die Sache mit dem Essensgeld und dem besseren Brotbelag in Angriff nehme und all die anderen Dinge, die ich hier verändern will. Aber ich habe die Zeit genutzt und diesen Kriegsbericht überarbeitet. Die Bilanz der Siege und Verluste. Wenn Chopper bis Ende nächster Woche nicht wieder zur Vernunft gekommen ist, werde ich ihn wohl als gefallen eintragen müssen. Aber vorerst ist er nur im Kampfeinsatz vermißt.

Und ich habe mich zum letztenmal hier verkrochen. Es bleibt nicht mehr viel zu schreiben. Ich könnte natürlich auch einfach weitermachen. Miss Adulewebe hatte ganz recht – auch das ist mir inzwischen klargeworden. Wenn man sich erst einmal auf den Hosenboden setzt, geht alles wie von selbst. Man kann fast über alles schreiben.

Aber jetzt möchte ich auch einmal wieder etwas anderes lesen. Auf dem Boden neben meinem Bett ist ein ganzer Stapel Bücher. Ich hab' noch einen Alec Whitsun entdeckt (Alicia Whitley scheint wirklich fleißig zu sein!) – eine willkommene Abwechslung nach soviel Krieg und Blutvergießen. Und dann gibt es noch einen anderen guten Grund. In meinem *Fa. Riemen-Gilik*-Buch ist kein Platz mehr. Wenn ich nicht aufhöre, kritzle ich auch noch die Ränder voll wie Granny auf ihren Postkarten. Also mach' ich jetzt besser Schluß. Und daß Miss Adulewebes Fluch über mein Haupt kommt, brauche ich auch nicht mehr zu fürchten, denn wenn ich so zurückblättere, sehe ich, daß ich sogar eine ganze Menge darüber geschrieben habe, wie ich mich fühle. Tatsächlich habe ich ein ganzes Buch geschrieben. Es ist wirklich erstaunlich.

Und Estelle hat es nicht entdeckt. Das ist noch erstaunlicher. Es läuft mir heiß und kalt den Rükken hinunter, wenn ich daran denke, was passieren würde, wenn sie es jetzt finden würde. Sie ist viel freundlicher zu mir, seit ich meinen ersten Selbstbehauptungsstreit mit Mum und Dad hatte, aber sie würde mir trotzdem den Kopf abreißen. Fuchsteufelswild würde sie werden. Einen riesigen Hexentanz würde sie aufführen! Ich könnte mich viel sicherer fühlen, wenn ich das Buch außer Haus schaffen würde, aber solange Chopper so auf Marisa steht (die ja mit Flora und der berühmten Estelle befreundet ist) kann ich es auf keinen Fall bei ihm unterbringen. Also was tun? Wo ist ein Buch, das niemand in die Finger kriegen soll, am besten aufgehoben?

Bei einem Verlag! Natürlich! Alicia Whitley hat gesagt, der Verlag, der alle ihre Alec Whitsuns herausbringt, arbeite im Schneckentempo, und es dauerte Monate, bis man zurückbekommt, was man dorthin schickt. Das ist genau das Richtige für mich. Ich werde das Buch einpacken und morgen nachmittag abschicken. Aber nicht unter meinem richtigen Namen, falls sie es aus Versehen veröffentlichen. Ich werde mir ein Pseudonym ausdenken. Und dabei werde ich mir von Alicia Whitley eine Scheibe abschneiden. Sie hat einen Männernamen gewählt. Sehr geschickt, wirklich. Ich werde einen Frauennamen nehmen – einen ganz einfachen, unscheinbaren. Anne zum Beispiel. Und da es für jemanden in meinem Alter ein ziemlich gutes Buch ist – William Saffery hätte es jedenfalls bestimmt gefallen –, werde ich mich Anne Good nennen. Oder nein. Zu brav. Anne Best? Auch nicht besser. Klingt zu angeberisch. Wie wär's mit Anne Fine?

Ja, Anne Fine. Da merkt Estelle bestimmt nichts.

Bleibt nur noch der Titel. Aber das ist weiter kein Problem. Es dauert nicht lange, die Goldbuchstaben vom Einband des *Fa. Riemen-Gilik*-Buches abzumachen und hin und her zu schieben, so lange, bis sie den Titel ergeben, den ich von Anfang an im Sinn hatte.

Familienkrieg

Das wär's dann wohl. Hervorragend.